凤凰于飞

张运涛 著

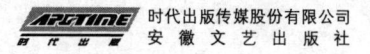

时代出版传媒股份有限公司
安徽文艺出版社

图书在版编目（CIP）数据

凤凰于飞 / 张运涛著. -- 合肥 : 安徽文艺出版社, 2023.2

（鲸群书系）

ISBN 978-7-5396-7507-7

Ⅰ. ①凤… Ⅱ. ①张… Ⅲ. ①中篇小说—小说集—中国—当代②短篇小说—小说集—中国—当代 Ⅳ. ① I247.7

中国版本图书馆 CIP 数据核字 (2022) 第 118789 号

出 版 人：姚 巍　　　　　　策 划：李昌鹏
责任编辑：胡 莉 宋潇婧　　特约编辑：罗路晗
封面设计：鸿儒文轩·末末美书

出版发行：安徽文艺出版社　　www.awpub.com
地　　址：合肥市翡翠路 1118 号　邮政编码：230071
营 销 部：（0551）63533889
印　　制：阳谷毕升印务有限公司　（0635）6173567

开本：880×1230　1/32　印张：6.875　字数：154 千字
版次：2023 年 2 月第 1 版
印次：2023 年 2 月第 1 次印刷
定价：48.00 元

（如发现印装质量问题，影响阅读，请与出版社联系调换）

版权所有，侵权必究

总　序

我将中国当代文坛创作体量巨大、深具创作动能的作家群体命名为"鲸群"。入选这套"鲸群书系"的作家在2021年度中短篇小说的发表量皆有15万字以上，入选小说皆为2021年发表的作品。

"鲸群书系"以最快的速度集结丰富多元的创作成果，以年度发表体量为标准来甄别中短篇小说创作的"鲸群"，展示作家创作生涯中的高光年份——当一个作家抵达极佳的状态才能进入"鲸群"。如果我们喜欢一位作家，一定会着迷于他高光年代的作品。

我想，"鲸群书系"问世后，一定会有更多的人关注被我称为"鲸群"的作家群体，因为这个群体标示了中国当代小说创作的年度峰值——它带着一种令人心醉的澎湃活力。

如果"鲸群书系"在2022年后不再启动，多年后它可能会成为中国当代小说研究者珍视的一套典藏；如果"鲸群书系"此后每年出版一套，它或许会为中短篇小说集的出版带来新格局。

  这套书的作者中或许有一部分是读者尚不熟悉的小说家，我诚恳地告诉您，他就是您忽视了的一头巨鲸。正因为如此，"鲸群书系"的问世，显得别具价值。

2022年10月30日

目录

赛　马　　　　　　　　001

无所在的生活　　　　　043

凤凰于飞　　　　　　　083

嗷　吼　　　　　　　　099

赛 马

1

我从医院回来,桌上已摆着一盆鸡汤一盆菜。鸡汤是我用砂锅提前炖好的,要是用炒锅,母亲肯定会将鸡肉、牛肉、青椒、土豆一锅烩了。放下东西我赶紧围上围裙,想去把准备好的鸡蛋西红柿、肉末萝卜缨炒了,母亲说你爸只喝汤,就咱俩,能吃多少?

说实话,我也没什么心情。诊断书上写有 Ca,我第一反应是癌,其实 cancer 这个单词我早忘了,直觉是它。医生的话证实了我的推测,直肠癌,中晚期。我问确定吗,他说基本确定,这种癌每年能遇到上百例,不会错。医生是我高中同学,没有保留。

吃罢饭去拣药?母亲盛汤的时候问。

父亲也看我。他的脸上只剩下骨头,一副典型的病人相——我以前怎么没发现?

医生说得做个手术,截掉一点肠子。我安慰他们,小手术,就跟阑尾炎一样。

得住院?母亲很惊讶。回去出完姜再过来⋯⋯

我已经办好手续,下午住院。手术前还得做好多项检查,很麻烦的。怕他们怀疑,我又补充,有病及时治,不能拖。

父亲很少说话,像是有预感。

晚饭是莉莉来做的,六菜一汤。我们刚认识那会儿,她曾经笑过我,说我过于讲究形式。时间久了,她也习惯了我的形式——有时候,形式也很必要。

你们啥时候结婚啊?父亲在饭桌上突然问。

我不喜欢这个问题。要是搁以前，我肯定会变脸，要么不理他，要么噎他一句："操好你自己的心吧。"那天晚上我异常温和（我后来后悔了，我应该折中一下的——但怎么折中呢？别说那么短的时间，就是现在我也想不出来理想的折中方式），我跟父亲说快了，明年看吧。莉莉的眼睛亮了一下。父亲希望能更早一点，他有点"得寸进尺"。

送他们回医院，天已经黑透了。莉莉偎在我身上，要跟我回去。我让她回自己的家，我心里好难受。话说完，突然就泪流满面——到底没忍住。莉莉傻了，僵在那儿，不知所措。

对不起，突然觉得我爸好可怜。我说，他这辈子没享过几天福。

莉莉抱住我，头埋在我胸前。

我们就那样在医院外面抱了一会儿，直到我全身都暖和起来。

我们家最艰难的时候是我十八岁之前。我六岁的时候，父亲风湿严重，瘫痪了。据母亲讲，医院让拉回去准备后事，没法治了。后来小姨从婆家姑父那里讨到一个偏方，贴了几帖膏药，父亲竟然能下地了。命是捡回来了，从此下不了水，做不了重活，用他自己的话说，成了残废。

我哥思福读五年级时，我们从河南陈湾搬回到河北王畈。他不愿再念书，说一到考试头就疼。不念就不念，母亲正需要帮手。思福那时才十二岁，只能做放牛、锄草这样的小活，犁田耙地还是得请人。农村的活都是急活，家家都急，请人难，大多时候都是亲戚来帮忙。一忙起来母亲就烦，就跟父亲生气。

贫贱夫妻百事哀吧。有一年过年，一锅红薯丸子炸煳了，母亲看着黑乎乎的丸子,说只能喂猪了。父亲听到,骂她,那可是敬祖宗的……母亲破罐子破摔,有啥用?年年敬年年敬,还不是这样?

说是说,母亲骨子里对每年的祭祀还是很虔诚的。她跟父亲一样,试图借这些他们力所能及的仪式给家里带来转机。世界上哪有那么轻巧的事?整个青春期,我心里无数次地埋怨过他们,一样的劳作,怎么我们家就这么穷?多少年后我才体会到他们当年的无奈。

母亲和父亲生气不吵不骂,也不打,都是冷战,谁也不理谁。这种冷战有时候能持续一个月,搞得我们弟兄几个在家也小心翼翼的。我现在还记得父亲孤独地坐在院里的背影,他心里一定很自卑,觉得自己是家庭的拖累。好像就是那时候,他开始了折腾。父亲折腾的第一件事是贩大米。王畈虽不像陈湾属鱼米之乡,但也紧靠淮河,灌溉方便,号称县里的小江南——"一半米来一半面",在一个小麦生产大县极为难得。秋收一罢,父亲就开始买人家的稻米驮到县城去卖,赚差价。

县城离王畈三十公里,父亲第一次骑自行车,驮了不到一百斤。时令应该是初秋,还不冷。我是被吵醒的,家里好像发生了重大事件。母亲天不亮就起床了,稀饭已经煮好,正在煎鸡蛋饼——那可是我们家最好的伙食了。父亲吃饱喝足,母亲一再叮嘱,路上慢点,骑不动了就歇会儿。

父亲回来是傍晚,我正好也从学校回来。我们家的宅基地略高一些,父亲从自行车上下来,推着车进了院子。我们都看到了他脸上的伤,很小(不仔细根本看不到),应该是摔倒在地蹭破了皮,有点血痕。

路上有人在晾黄豆,不小心压上,滑倒了。父亲重重地坐到椅子上,让我给他倒一杯水。

水喝完了,他才指着自行车,差一点连人带车滑到沟里,幸好路边有树,挡住了。

车是借邻居老铁的,三脚架拱起来了。

哎哟,母亲努力抑制着自己的惊讶,咋还给人家啊?

回来的路上我等了几个赶集卖菜的,几个人将车子绑在树上拉了好长时间,拱平得多了。父亲说。

正好姑父过来,问咋不点灯,黑灯瞎火的。母亲说,你哥赶一次集,把人家老铁的三脚架撞拱了,咋还给人家啊?

姑父上前看了看,还能骑,就是不能吃重了。扳子找出来,把我的换给他。

母亲脸上放晴,却又不好意思,中吗?

咋不中?父亲说,咱是红旗的,不比他飞鹰硬?

东借西借跑了几个月,父亲见有利可图,买了一辆二手自行车。春上鸡开窝了,母亲在家收鸡蛋,父亲又开始贩鸡蛋。

天热的时候,父亲累倒了,不能见风,还浑身酸疼。母亲每天早上用开水给父亲冲个鸡蛋,搅点白糖。最初,弟弟思成也有一份,母亲说他小,体质弱,补补。后来鸡蛋跟不上,停了弟弟的,只有父亲一直在享用。我嘴上不说,心里觉得父亲矫情,不就骑自行车嘛,咋会累呢?那时候我已经到镇上上初中了,有天中午借了同学的自行车回家,吃罢饭还早,我骑着车子在去县城的柏油路上跑到快上课才回学校。骑自行车多舒服啊,怎么会累呢?况且,王畈跟我差不多年纪孩子的父母都是起早贪黑、天南地北地赶集卖菜,哪个喊过累?

父亲有好长时间没再做活。小姨不知道从哪儿听说了,捎信让去一趟,说是又弄了几帖膏药,看看管用不。思福走不开,第二天稻田放水——父亲不敢沾水——只有他去。

父亲出门前,母亲推我过去,小顺没事,跟你做个伴儿。串亲戚我当然积极,更何况是去小姨家。

那条路我们走过无数次,从陈湾到王畈,从王畈到陈湾。有时候,大人骑自行车带着,有时候坐一段客车再步行,无论如何都要乘船过淮河。渡口在一个叫梅黄的小集镇那里,划船的先问我们哪儿的,远的,两毛钱船钱。近的,每年秋后上门收船粮。听说我们是王畈的,船夫问,老铁还好不?父亲说好好,现在不挑担子了,还是天天赶集,自己的菜卖完了兑人家的卖。船夫叹了声,都是吃力的命。那一问一答可不是闲话,有不想交船钱充附近哪个村的一问就会露出马脚。船划到河中间,没人再说话,只听到下面水哗啦啦地响。

上了岸就是梅黄。街道是青石板铺的,被两边伸出老远的房檐遮着,少见太阳,又临河,青石板像是在水里泡着,阴森森的。尤其是清早或黄昏,街上不见人影,头上只有一道细长细长的天空,好吓人。自行车咣咣当当地响,父亲目不斜视。

到小姨家时,一家人正在过道里吃饭。桌上四盘菜,一盆汤。小姨放下碗,上前把我揽在怀里,我们小顺长这么高了。小姨每次都这样,好像几年没见我了。

小姨和苗苗去厨屋炒菜去了——再加两个菜。豆豆、秀秀忙着给我们挪椅子,小旺还小,有点认生,姨父叫他给我们盛饭,先垫点底。

参加工作后我才知道四菜一汤是工作餐,是标配。但几十年前小姨家的家常菜就是四菜一汤,有客人更丰盛——那也是我乐意去小姨家做客的原因之一。我们家平时只有一盆菜,来客了才会装盘子。记得有一年,整个陈湾都在传小姨家的饺子全是瘦肉。那样的饺子该多香啊！母亲说，光是瘦肉也不好吃，没萝卜没粉条没豆腐，还叫饺子？现在想起来，母亲当时说的虽然有道理，但心里肯定也酸不溜秋的——我们家过年总共才买了五块钱的肉，还是赊的，饺子馅里的瘦肉比例可想而知。

吃罢饭，小姨让小旺拿出来一包膏药，哪儿疼贴哪儿。父亲接过去看看，从哪儿弄的啊？姨父替她答，集上。她是听风就是雨，一听说能治风湿非要买点试试，万一中了呢？万一中了，医院早关门了……父亲讪讪的，顺着姨父的话说，是，跑江湖的，也就一张嘴。把药收好，缠到车把上。现在不疼？小姨忙着将桌子靠墙摆好。

父亲没吭声。

贴上啊，哪儿疼贴哪儿。小姨背着他摆桌子——地有点不平，桌子放不稳。

父亲拿了两片出来，让我帮他贴到两个膀子上。

小顺，你爹残废，你可得争气。小姨在我身后说。

小姨不是亲姨，母亲只有一个姐，我们搬回河北老家的第二年就死了，跟婆婆怄气，喝了农药。小姨是母亲舅家的女儿，因为跟母亲都嫁到了陈湾，比亲姐妹走动还多。

没隔几天，父亲和姑父一道，又去小姨那儿拉回来十四箱汽水瓶、压盖机、香精、糖精、柠檬、小苏打。没想到生产汽水这么简单，水烧开，再放凉，兑上香精、糖精、柠檬，灌入汽水瓶。最复杂的工序是压盖，一人从旁边将小苏打倒入瓶里，另一人迅速压下瓶盖。得掌握好速度，不能快了，快了会压住手。也不能慢了，慢了气泡就会翻飞出来，溅我们兄弟仨一脸一身，还不敢笑，怕母亲生气，一瓶汽水能卖一毛钱呢。

父亲负责销售，每次出去都要带六箱汽水，四箱挂在后座两边,后座上再摞两箱。哪个代销点卖完了,赶紧补上。

这活儿倒不累人,但量上不去。做了两个月,一算账,没赚到钱,煤是最大的开支。近门上的人指点说,人家都是直接灌井水。父亲犹豫再三,终是不敢,怕生水喝坏了肚子。

放鸭子是我上初三那年的事。鸭子也是从小姨那儿弄回来的——要不是后来方菲说出来,我一直都不会怀疑小姨扶助我们家的动机。

进了小姨家的过道就听到鸭儿尖着嗓子的吵闹声。它们被暂时圈在当门——放过道里碍事,放院子里怕夜里冻死了——一个个黄灿灿的,伸长脖子欢迎我们。姨父好像有点烦,我那时候正敏感,清楚地记得姨父的第一句话:"赶紧弄走!吵死了。"鸭儿装上车,圈好,姨父看着遍地鸭粪,又嘟囔了一句,"家里搞成粪坑了。"

父亲是指挥官,他不能下水,真正放鸭子的人其实是我。那个暑假本来就比之前任何一个暑假都长,又因放鸭子,我更觉得漫长得像一辈子的时光都集中在一起了。我整天抱着一根长竹竿赶鸭子,让每一只鸭子跟上大部队。坡地里还好,要是鸭子进了水里,竹竿又够不着,我就得跳进水里去赶。费了九牛二虎之力让它们入了圈。水塘里的水锈多了浮萍多了鸭子游不走,我也得下去打捞……

我的中专录取通知书送来时,全村都知道了。我成公家人了,要吃公家粮住公家房了,父亲满心欢喜,见人就笑,见人就递纸烟。有人来收鸭子,父亲说不急,孩子开学还早,还可以再放几天,秋天上膘快。我只得穿着短裤,泥猴一样接着放那些鸭子。

我开学头两天鸭子才卖。那应该是我们家有史以来最大的一笔收入吧？先还了小姨垫的鸭儿钱。吃不用愁了，我上中专的钱也不用父母低头弯腰地出去借了。贩大米贩鸡蛋做汽水父亲都说没挣到钱，唯有放鸭子，同时解决了家里的好几个要紧问题。

2

方菲上午过来了，可能是听她爸说了。父亲床头上有一提冬虫夏草，估计是她拿来的。见我不快，母亲没敢多说。我也没细问，她就是把这个城市买来送给我，我也不愿再见到她。

还是复婚好。父亲的声音弱得跟他的病人身份极其一致。

后妈肯定不如亲妈。母亲听父亲说复婚，也有了劝我的底气。

方菲没有做他们的工作。我知道。这应该是他们的心里话——他们兴许刚刚还热烈地合计过这事。我想笑，这么快就忘了伤痛？

思福说他手术那天再赶回来，思成也是。手术定在后天，正好有个病人转院到市里，父亲顶了那个空。我本来也想把父亲转到郑州的医院的，同学说没必要，咱医院每年做这种手术近百次，早练出来了。在县城护理也方便，离家近。

猷猷他妈想回来，她知道错了。母亲又回到那个话题，你没看她认瓢了？

想回来是肯定的，要不想回来还能来看父亲？但她真知道错了？我不相信。

方菲是爱我的，我不否认。但她讨厌我父母，讨厌思福、思成，讨厌我这边所有的亲戚。我说的是讨厌，不是一般的不喜欢。她要是不喜欢他们我还能容忍，毕竟她是和我过日子，问题是她对他们缺少最基本的尊重。我们结婚后我想带她去看看我小姨，我小姨对我们家帮助那么大。她不肯去，她帮你们家你父母应该承那份情，跟我们有什么关系？（还好，她那时候没有用父亲和小姨的暧昧关系来拒绝，可能是忍着，也可能是还没听人说。）我这个人反应慢，当时觉得也有道理，过后想起来，不对啊，她说她小时候她姑父对她好难道不是她父母该承的情？事情过去了，再把这个提出来明显找别扭，我就按下了。思成结婚晚，有次来我们家，她说思成不该不打招呼就把女朋友往我们家领，硬是不做饭，说自己不舒服，带上猷猷径直出了门……

我没脸面，怪不得别人，自己浇灌的苦果。我和方菲都是王畈的，她家在南头，我们家在北头。结婚第一年拜完年新娘那边应该回年，岳父没出面，打发她哥哥过来。农村里讲究这个，我父亲在我面前说时，我还怪他多心，有人来不就好了？父亲闷声说，她姐那儿都第二年了，回年她爹还去了，明显看不起咱……

那样的开始注定不会有好结果。我们在一起磕磕绊绊十多年，离婚的导火索是一张沙发。她姐打工的家具店老板跑路了，她姐抢了一车货回来，送了我们一张沙发。沙发很大，也很时尚，通上电还能按摩。两年后我们搬新家，方菲带了辆工具车回去拉寄放在思成家的那张沙发，说是被人换了。思成老婆据理力争，有人来换她咋不知道呢，自己家里。方菲说知不知道你们心里清楚。思成老婆说，合着我们替你保管还落不是了？双方吵起来，方菲的父亲力挺自己女儿，坚持说确实不是原来的那个了，肯定是被人换了。后来还打了110……

我希望方菲从我的生活里消失,如果能有科幻电影里的技术的话。不管怎么说,我真是不想再坚持下去了。她也没有太坚持,我怀疑跟我头一年调进文联有关。我以前是乡政府副乡长,某日跟组织部长同桌吃饭,部长说你既然书法这么好,到文联怎么样?我以为人家也就随口一提,又当着众人的面,回复因此干净利落,巴不得去清静清静,好好练练字。没想到,秋收毕,我还真被调到文联了,任副主席,主持工作(没有正主席)。那个年过得还真不习惯,冷冷清清的,平时吆五喝六的好兄弟们也都不上门了——文联能给人家啥好呢?我也只能练字了。

第二年猷猷生日,方菲回来陪他吃饭。我没忍住,问她,那沙发怎么不一样了?

方菲说,原来的那个明显比这个大。

大了多少?我问。

大一圈吧。

好,我说,就算你记性好,原来的那个大了一圈。这就只剩下两种可能,一是被人偷了,二是被人换了。先假定被偷了,你听说过哪个小偷偷东西还带一个小一号的一模一样的放在那儿晃人眼?

我就说被人换了啊。方菲说。

好,再说被人换了。你去帮我找到一个一模一样的沙发试试容易不。

方菲不吭声。

即便找到了,先前的那个沙发和你新找到的沙发,能差多少钱?换你那个沙发合得着吗?

方菲听出我的意思了。

赛马

人家图啥呢，费一大把劲找一个新沙发，就为你那个"大一圈"的沙发？我忍不住，教训她，二十多岁时，你在你周围的女性中算是比较敏锐的。但这十年，你没有与时俱进，没有进步。简简单单的一件事，被你搞得无法收拾……重组家庭后，记住，善待对方，也要善待对方的亲朋。

手术那天，思福没来成，刚接了一个大单。思福在郑州，做水暖工程。他让我放心，手术费该摊多少只管吭声，马上打过来。思成来的时候父亲已经进手术室了，他怕人手不够，临时打电话叫来了两个城里的朋友。

手术很顺利，两个多小时就结束了。父亲回到病房，思成也要走，逢集，店里忙不过来。母亲紧张地盯着床头的仪器，顾不上我们。

我送思成，想顺便和他说说父亲的病，和他商量一下要不要跟母亲说。他很客气，说了几句"全靠二哥照护，你辛苦了"之类的话，根本没问父亲的病。可能男人都这样粗心，要是弟妹来就会不一样。

到了一楼，他回转身说，二哥别送了，我给了咱妈两千块钱，我和大哥的意思。先用着，出院再算账，该摊多少我们再出。亲兄弟明算账。话跟思福说得一模一样。过后想一想，也是，那种场合，不那样说还能说什么？

我正要说正事，他像是突然想起来什么，问，二哥，文联到底是干啥的啊？

我笑，文联文联，就是文化联系，联系文化人。

人家都说你犯了错误才去那儿的。

什么错误？我问。

他眼睛移向别处，男女错误。

我收住笑，不知道该怎么解释。

还说，你离婚就是因为搞婚外恋。

没有的事儿，我和方菲离婚好长时间才认识莉莉。

二哥，我们不懂文化，但我们知道你文化多，去文联不正好？

我们？他和思福在一起议过我？我们弟兄仨，他俩明显要亲一些，过年过节的饭桌上，日常言语间，都能感受到。我在家少，初中毕业就出来了，一直到现在。他们有共同语言，思福小学没毕业就回去干活，思成勉强上到初二，读不下去，也回去了。两个人同吃同劳动那么多年，比我亲近，正常。思福结婚后在集上开了家百货商店，几年前去的郑州，跟他老婆的堂叔在那儿搞水暖装修。商店留给了思成，逢集忙不过来，父亲母亲都去给他帮忙。

3

有一天傍晚，病房里挤满了人，都是来探望另一个病号的。父亲向我招手，你妈呢？

回去做饭去了，我说，晚上吃鸽子，朋友送了几只鸽子来。

你得去看看你小姨……

啥？我凑上耳朵，屋里太吵了。

你得去看看你小姨。父亲说。

是，应该去，父亲说得对，我们弟兄仨，小姨对我最好。不光对我好，小姨还是我们所有亲戚中最关心我们家的。她给我的印象是知性、善良，我甚至幻想过，她要是我母亲就好了。

赛马

那一年,父亲又说,你小姨让我赶回来一头猪。

哪一年?

第二年,父亲伸出两个手指头,咱搬回来第二年。我去陈湾,你小姨问我年成咋样,我说不好,吃的都成问题。她就让我赶走一头猪……

我没印象,一点儿印象都没有。一头猪那么大……后来父亲临终前母亲提起这事,我才知道,那头猪没赶回来,半路上就卖了,换了一车粮食回来。

别跟你妈说。父亲又说。

我的心一沉,难道方菲说的都是真的?我知道那个年代一头猪的分量。我们搬家的时候,小姨好像是大队的饲养员。父亲瞒着母亲,瞒这么久,小姨是不是也瞒着姨父?还有一个难题,那么大一头猪不见了,她怎么向大队交代?

病房突然静下来,我才发现屋里只剩下我们父子——病人也下去送客了。父亲闭着眼睛,好像我们之间一直没说过话,刚才的对话只是我的幻想。

我其实早有去看小姨的念头。有一年我和方菲去叶寨看我姥爷,他像父亲现在一样,也病着。叶寨跟陈湾同属一个村,陈湾在村部最南头,叶寨在村部北头。过了河我们直接就到叶寨姥爷家了,要去陈湾还得绕过村部再朝南走一段。看过姥爷,我说干脆再去陈湾看看。方菲不同意,说万一他们要报复你呢?说实话,我也有这方面的顾虑,当年父亲送小旺遗体回去的时候就挨了我姨父的兄弟们一顿打——这也是我好多年都没有再去陈湾的原因。但我心里真想去,小姨对我们家那么好。我跟方菲说,小姨是我见过的最美的女人。我是搞书法的,书法艺术就要在不断的怀疑和否定中进步,我少有如此笃定的时候。小姨是最美的女人，我确定没有之一，也没有其他多余的限定词。也许方菲是因为这个生了女人的嫉妒心，开始绝地反击。她对你们家好？回去问问你妈，她是对你们家好还是对你爹好？谁不知道，那个小旺，是你亲……没等她说完，我就上去给了她一耳光。

我是跟莉莉一起去陈湾的。时间也是秋天，刚开学，猷猷换了新书包，双肩包，很酷。他故意在我面前显摆，莉莉姨给他买的。我一下想到我的第一个文具盒，小姨买给我的，薄薄的铁皮，上面是彩色的南京长江大桥，油漆闪着耀眼的光。一掀开，就能看到乘法口诀表，一一得一，从上到下，一直到九九八十一，多像天梯啊。小姨可能听营业员说了，我每天都去代销点看那些摆在货柜上的文具盒，眼巴巴的——小孩子不知道遮掩。小姨有天找到我，给了一张五毛钱的票子，让我去买文具盒……记忆中，那个时候父亲是缺失的，可能他正四处求医吧。猷猷的双肩包又让我想到了小姨。她当然是爱我的，是除了母亲之外第一个爱我的女性。我还记得我再小一点的时候，她一见到我就会搂着我，搂得我都透不过气来。乖，我的亲外甥……我得去看她，立刻，马上。

我看到小姨了，但小姨没看到我。那一次我们没有坐船，枯水季，有人搭了一段简易桥，每人收费两块。事实上，二十世纪九十年代末县里就在淮河上架了一座大桥，在我们下游二十多公里的另一个镇上。要是走那座桥，得多绕十几二十公里。我们镇也在修桥，就在镇西头，一个桥墩已经浇灌好。那次我借了辆摩托，木桥太窄，我不敢骑，还是请人家骑过去的。过了河，似乎一眨眼的工夫就到了五里店，我有点不相信，还停下来问了问。我喜欢那里的方言，很软，像糯米糕。但我不

赛马

015

喜欢其他任何地方的土话，总觉得有种生硬的拒绝感，拒绝你的融入。出远门时经常有这种感觉，一下车，周围做小生意的人都上来拉你，嘴里叽哩呱啦的，一下子就让人意识到自己身在异乡，像一艘孤零零在海上漂泊的小船，很是无助。

为什么叫五里店呢，我长到爱问问题的年龄时，曾经问过大人。他们说，因为陈湾离五里店正好五里路。现在想起来当然可笑，他们以为陈湾是世界的中心，镇子是围绕着它来命的名。

过了五里店，我骑得很慢，从312国道下来还要走一段县道。县道窄，不留心很容易错过。下县道第一个村子叫刘湾，跟陈湾不属于一个村。我很高兴，还能想起刘湾这个名字。我算了算，1986年到现在，十五年了，我十五年没来陈湾了——说实话，我迫切地想过来，除了想看小姨，还想看看我生活了十年的地方。

那儿的人把村子叫湾——发音很轻。他们说，北方的侉子才说庄子。刚搬到河北的那段时间，我很委屈，人家都叫我蛮子。在河南，陈湾人又都叫我侉子。

路边一个有才小百货，店名歪歪扭扭地写在一块未刷漆的三合板上，两条铁丝从二楼阳台的栏杆那儿吊着那块像是随时都会掉下来的三合板。楼顶上搭满了衣服，外套、毛衣，还有女人的小衣服，摩托车拐向向西的另一条土路。这条小路我还记得，我兴奋地跟莉莉说。老师课堂上讲渔夫和妖怪的故事时，我总是想象着渔夫就是从这条路走到湖边打鱼的。还是土路，还是两三米宽，还是平展展的。唯一让我意外的是，路陷了下去，比两边的田地高不了多少。

路边的田里有一座小房子——配电房——1986年我最后一

次来陈湾时就有。向前两百米就是陈湾,我跟莉莉预告。还是老样子,没变,我心里念叨着,好像是在庆幸陈湾没有跑走,没有飞走。

村头还是水塘。塘呈半月状,整个陈湾就被这个半月状的水塘紧紧拥抱着。第一家的红色砖墙也在——这一家曾经是陈湾最显赫的人家,儿子做过五里店乡的乡长。村里的小路勉强能过去一辆车,路两边的小树亲热地挤过来。走不多远,又看到那个半月状的水塘了。小了,小得已经很不像话了,我怀疑是村里人为抢宅基地把塘填了一部分。过去我经常跟人炫耀,我能从塘的一头一猛子钻到另一头。现在看着这个不过十米宽的水塘,我好惭愧。

竟然没有遇到一个人。

小姨家在第一排,进门要走几级台阶。房子还是老房子,包括台阶。我没跟莉莉说,她也默契地不问。小姨家的门敞开着,我骑得更慢,几乎是在用脚划行。我暗自希望小姨不在家,屋里没人。远处有几个孩子在打闹,他们太小,不可能认得我。十五年了,即使是老人也不见得能认出我。不不,我的头太特别,小时候他们都叫我瘪头,凭着这个特征,还是能认得出的。

一个老人在扫院子。地上有些落叶,极少。她的衣着与季节有点不搭——我们只穿着毛衣,她穿的是棉袄。人还很端正,腰板硬硬的,一副誓不向谁低头的样子。小姨真的是那样,我没有带感情色彩,她很硬朗,不像一个老人。过后我跟莉莉说了,她也赞同,确实硬朗。

小姨听到动静,转身,看到摩托车,以为是她某一个女儿带女婿回来了,她脸上露出笑,将扫帚靠到墙上,朝我们走来。

我逃走了。是逃,我承认。不是怕,是觉得无法面对她。

4

父亲出院那天，方菲又来了。我怀疑是母亲透的信。我给莉莉发短信，她在这儿，你别过来了。

办完出院手续，思福还没到——他说他早晨五点从郑州出发，九点前到县城。方菲说不等了，让她弟弟来，她弟弟新买了辆昌河。我说不用，早晚也得等思福的。

快十点了，思福还没到，倒是等来了莉莉——过后她解释说没看手机，不知道我发了短信。她是故意要在方菲面前露脸，我猜，让方菲知道她的存在。

莉莉。我介绍她。

亲戚。父亲从一旁说——我怀疑错了，透信的应该是父亲，或者他们俩合谋。

猷猷的妈，方菲介绍自己，思顺老婆。

以前的。我补充。

方菲笑，你姓樊？听说是二中老师？

情报工作很细致啊。我揶揄地笑。

方菲还是不饶人，怎么了？她见不得人？

他单身，我未婚，有什么见不得人的？莉莉上来抱住我的胳膊。

思成的手机响，思福到了。大家忙活起来，莉莉和母亲扶父亲，我跟思成双手满满的。方菲上前要接过思成左手的箱子，被思成拒绝了。

还没下到一楼，迎面碰到思福三口上来。大嫂拍了莉莉一下，莉莉吧？这几天辛苦你了。

不辛苦不辛苦，都是思顺在忙活。

思福开的也是辆昌河，绿色的，后门上漆着"水暖装修"，下面是一串手机号码。大嫂坐副驾驶，父亲母亲坐第二排，我和思成带侄子坐后排。莉莉得给猷猷做午饭，她下午还有课，不能跟着回王畈。方菲想上来和小孩挤一个座，思福指着车门上面的牌子，准坐七人。方菲说没事，县城不比郑州，没人查。父亲附和，嗯，没人查。大嫂嗓门大，猷猷妈，你可是有脸有面的，不能踢了我们的饭碗——超员要吊销驾照的。方菲脸上的肉僵在那儿，悻悻地下了车。

"有脸有面"是方菲自己的话，大嫂的侄孙在方菲的学校上二年级，成绩不好，冲撞了老师，学校要处理他。大嫂托方菲讲情，方菲说我们可都是有脸有面的人，这样的情，张不开口。

方菲的尴尬我看得清清楚楚，我知道她这个时候不愿做外人，特别想融入这个集体。我没有心软让她上车，我曾经原谅过她多少次啊，她不还是那样？她的价值观不对，今天认了错，明天还会再犯。

路上，大嫂说莉莉不错。

思成说，大嫂，你这评价也太低了吧？

大嫂没听明白。啥意思？我会的好词不多，你替我整两个。

思成的意思是，我说，换了谁都比方菲好。

一车人都笑，包括父亲母亲。大嫂笑得最起劲。思顺，人家一个黄花大闺女，你咋勾引上的？

我们是在一个书法讲座上认识的，她来听我的课。

你的学生？思成问。

算是吧，我说。她也喜欢书法，隶书特别好。

文联把他们联到了一起，思成说。

赛马

算是吧,我说。她其实也结过婚,一年多就离了。医生说她生不了。

啊?那咋办?大嫂问。

正好,我说,反正有猷猷。她待猷猷可好了,猷猷跟她也亲。

猷猷不恨她?大嫂问。

为啥恨她?我说,人心换人心,小孩也一样。

中午就在思成量贩旁边的餐馆吃的饭,黑妞订的。黑妞是思成老婆,有点黑,从小当玩笑叫,一直叫到现在,改不了口了。店里一天到晚都离不开人,她很少出去。

吃过饭一起回王畈,大嫂帮着母亲收拾屋子,我们弟兄仨躲在厨屋开会。两个内容,一是算账,二是商量要不要跟母亲透底。账好算,一共花了三千多块钱,手术费、检查费能省的都省了。这是在小县城的好,人熟。这钱我自己出了,我说,我上学比你们花家里钱多,应该的。思福看看思成,不合适吧?你一个人出了,人家还以为我们俩不愿出呢。我说你们要是不好意思,一人再给两个老人兑点营养费吧。思成说好,一人兑五百。思福还在考虑手术费的事,老二有这个心我也不反对,住院费你结了,我跟思成也别五百了,一人一千,算是老头老娘的营养费,对外就说这次住院分摊的费用,大家都有面子,你们看中不?

思成说中,我也点头。

第二个问题,我们仨出奇地一致,都认为母亲经不起这个打击,即使不哭,她的脸也会暴露秘密。思成说,我最怕咱妈枯皱着脸,一副苦得不能再苦的样子。我说不怪她,要怪就怪我们经过的那些苦日子,是那些苦日子把她浸泡成那样的。思福赞成，还是老二文化高，话能说到根子上。我说别夸我，现在问题是，她作为咱爸最亲的人，该不该知道这个情况？我们仨和她比起来，谁才是更有权利知道这个的人？思福说你可问住了我，咱妈好像比咱们更有权利吧？思成说对，我们不知道她也应该知道。

跟她说？我问。

思福思成相互看了看，按这个理，得说。

谁跟她说？什么时候说？我问。

你说，思福说，你有文化，知道该咋说。

不如现在就说，思成说。长痛不如短痛。

我去叫咱妈了？我从稻草堆上站起来。就在这儿，咱们都在。

去吧，思福思成异口同声。

母亲进来，思福把屋里唯一的一个小凳子让给她。

妈，我开门见山，我们刚才商量了一下，你比我们更有权利知道爸的真实病情——他得的是癌，直肠癌。

母亲竟然笑了，我看到她脸上的肌肉朝外咧了一下。我猜到了。

你咋猜到了？我问。

在医院这几天，你从来没有不耐烦过。母亲说。

我脸红了——我能感受得到，好烫。

在医院你爸就说了，他没想到他能活到五十多岁——二十六岁那年，五里店的医生都让拉回去准备后事了。母亲安慰我们，你们也别难过，你爸说了，他赚了，这二十多年算赚了。没想到你们能有今天，老大都到郑州了，老二不用说，是公家人。还有老三，大小也算个老板……

我不争气地哭了。看看思福，脸上也是泪。思成背对着我，双手捧着头。一屋子人都在落泪，除了母亲。

5

决定正式去看小姨之前，我跟思福说了。小旺出事，我们家确实有责任，小姨他们不愿意再和我们走动，可以理解。但小姨当年为我们家做过那么多事，我们不去看看她，显得缺少人情味。思福在电话那头说是，以前我们年龄小，不懂事，现在应该补上。过年去，过年咱弟兄仨一块去。过年还得几个月，我等不及。电话打给思成，他答应得很爽快。出事的时候思成吓傻了，好长时间都恍恍惚惚的。但他那时候小，不知道还记不记得。

没打算跟母亲说，这是父亲单方面的意愿，他好像也不想让母亲知道。再私密一点说，这是我们父子之间的事，两个男人之间的秘密。很奇怪，儿子和父亲之间似乎天生就有一种特别隐秘的关系，好像是从血液里传承下来的。我最近一次搬家，猷猷和他妈帮我给书房里的书打包。中午我带来帮忙的朋友去吃饭，猷猷背着他妈递给我一个信封，里面是两千块钱，他说是夹在一本厚书中间的。还有一次吵架，方菲把我的外套扔到楼梯口，猷猷放学拾回来——他那时还不到十岁。妈，我爸的衣服你要不愿洗，我洗好吧？

那是个周末，陡沟镇也不逢集。思成又临时有事，说是有供货商来谈事——我怀疑小旺的死在思成心里留下了阴影，他怕见小姨，怕见小姨那边的人，怕小姨那边的人报复他。如果真是这样，我能理解。谈就谈吧，生意要紧。但我不喜欢思成的算计，无论什么事，他都会合计划不划得来。直白一点说，就是值不值得——他的付出不能比收获低，至少得持平。这个，可能跟他做的小生意有关。有一次我从他那儿拿了一提月饼，去乡中学看我老师。到了老师家我才看到包装下面的小字，某某烟厂赠。黑妞却跟我说，进价一百八十块钱，不赚我钱。

我带了一箱酒，给姨父的。其他都是土特产，不值钱。

开的是一辆破桑塔纳。陡沟大桥还没建好，我们从王畈沿着河朝下开了十几二十公里才过了淮河。车停到小姨家门口，几个小孩围上来看车。小姨在厨屋做饭，没听到车响。见到我，她正往锅灶里添柴。

小姨，我是小顺啊。

小姨仍坐在那儿，没起来。

我拉过莉莉，你外甥媳妇。

小姨的眼睛略显混浊，她盯着我，没想到，你会来。不知道她是责怪，还是惊讶。

两个老妇人来串门。小姨站起来，我外甥来看我了。

小姨身上的衣服不算好，但很整洁。她有着农村老人身上罕见的优雅，我暗自为她骄傲。

进屋，都进堂屋坐。小姨说，这屋里脏。你姨父在你表妹那儿，二表妹。晌午咱做米饭，吃鸡，可以不？

我说好，吃啥都中，小姨。姨父不在家，我松了一口气。选择这个时候进陈湾，我其实并没打算留下来吃饭。

没想到你会来看我。小姨去做饭之前说，好像之前我没听到她这句话。

串门的人散了，莉莉陪小姨去做饭，堂屋剩下我自己。屋里很干净，也很简单，连沙发都没有。三个表妹都嫁到外面，一个在市里，一个在五里店，一个在广西。小姨应该住在东房，那里陈设也简单，就一张床，对面桌子上一台电视机。被子没有叠，平展展地铺在床上。这是小姨的风格。我踅到当院。正屋整修过，原来起脊的房子改成了平房，被两边的两层小楼夹着。

我进厨屋，小姨歪头看我。没想到，你会来看我。

这是第三遍了。小姨不是惊讶，也不是责怪，我肯定，是期盼。我鼻子有点发酸，没忍住，眼泪唰地一下流了出来。我头埋在小姨的一只胳膊里，小姨，我早该来的。

小姨问莉莉孩子多大了，上几年级。莉莉说十岁，上四年级。我接过她的话，小姨，我跟莉莉正准备结婚。小姨还是那么聪明，一下子明白过来。她说我跟方菲太近了，不好，双方家庭容易扯进去。

不是一家人，还是趁早，小姨又说。长痛不如短痛。

没想到小姨思想这么开放。

我们没提小旺，谁都没提。我本来还计划着安慰安慰小姨的，但实在找不到得体的语句。我向她汇报我的现状，小姨说我知道，听你舅说过，你当乡长了，出息了。我就知道我们小顺将来有出息。

小姨，你外甥现在是主席了。莉莉说。

主席啊？小姨又看了我一眼。

文联主席，我说。

莉莉抢着解释，他现在管写字的、画画的、唱戏的、跳舞的……

唱戏的也管？小姨问，拉弦子的也管？

弦子是二胡，民间都叫弦子。我说不是管，是联系他们。

小姨问，你会不？你会拉弦子不？

莉莉向着我笑，说他不会拉，他是管拉弦子的。

……

午饭五菜一汤，炒鸡，芹菜肉丝，小白菜豆腐，腌蒜瓣，土豆丝，鱼头汤。我问小姨，你平常还是四个菜？小姨说哪有，一个人吃不了。我说小姨，还记得不，好多年前你们家平常都是四个菜。小姨说咋不记得，那时候你三个表妹都在家，人多。

吃罢饭，小姨去洗涮。我问莉莉，怎么样，小姨是不是很美？莉莉说是，不像退休干部，更像城里退休的老教师。

苗苗和秀秀都回来了，还有姨父，秀秀从五里店捎的他们。小姨说我来得少，她跟他们都说了。

秀秀想要我一幅字，她在市里一个区的宣传部工作，知道我。我说没带笔、纸，秀秀说她都备着哩。从车里拿出来，纸就铺在饭桌上。我写了两幅，秀秀认真收起来，说再写一幅，给大姐。苗苗说不要，我没文化，不懂这个。秀秀说写，一边跟苗苗说，大姐傻啊，你不知道咱表哥的字能换钱啊！国家级书法协会会员哩。苗苗问我，能换多少钱？秀秀抢着说，像这样的，得一千块钱。我说，有价无市。可惜没带印章。秀秀说没有印章有没有印章的好，下次去我那里记着带上印章补上就好了。

小顺写字也能换钱啊？小姨在一旁问，还是那么平静，但话里的意思却似惊涛骇浪，好像我真的多了不起似的。我有些担心，怕小姨会由我的"辉煌"对比小旺的苍凉。

那个夏天相当热，热得人饭都不想吃。小旺怎么来的我记不清了，好像是秀秀表妹送他过来的。小旺比我小太多，他跟思成年龄接近，整天黏着他。我那年上农校二年级，最上心的是找对象。刚跟方菲接上头，眼里哪有小旺他们那样的小屁孩？

方菲在镇中学教书。我之前并没有注意到她，我们不是一个年龄段的人，她比我大两岁。后来我考上中专，有人撺掇我们俩，她同意了。那个时候她刚刚和镇政府的男朋友分手，我钻了个空子。她家境比我们家好，当过万元户，戴过大红花，在王畈，我们两家有点门不当户不对。她父母不同意，理由是我自然条件不好，瘦头，走路还有点外八字；最关键的是家境不好，这个恐怕得经过几年十几年才能改善。她父母反对得并不坚决，因为我是农校的，将来很可能分到乡政府，而她只是个教师。再说了，年轻人嘛，爱情观非常感性，所有的条件都是次要的，只要相爱，冲破的障碍越多，爱越神圣。

出事头天晚上下了一场暴雨，持续时间不长，但是很猛，因为我们住的房子漏得并不厉害。我早总结出经验了，我们家房子最怕细水长流的那种雨，雨水下来得慢，容易沁透破瓦漏进屋里。但要是猛雨，下得再大也不怕，雨水很快顺着瓦槽流下去了。那天晚上我们并没有折腾太久，找了五六个碗盆接水，很快又睡了。

出事以后，我觉得之前是有天相的，那天早晨的朝霞异常诡谲，一层灰一层金黄，像一个巨人扒着百叶窗偷看人间。母亲也说她半夜听到了小旺说梦话，别拦我，谁也不用拦我……

方菲瞒着她父母到瓜棚和我幽会。年轻男女幽会无非是搂搂抱抱，都是新领域，其乐无穷，天热哪能挡得住。

快晌午时，有小孩慌慌张张回来说小旺淹死了。父亲出来怒骂人家放屁，那小孩怯怯地看着他，改口说，小旺掉河里了。

其实河水并不大，只是水比较浑，因为下雨的缘故。孩子们都下水了，别说这么小的水，就是平潮了，也照下。小旺学人家，也试着朝中间游。他不知道这个时候河水的危险，面上看着平静，其实下面汹涌。小旺不见了，他们还以为他在搞怪，一会儿就会出来。左等右等不见，才惊慌起来⋯⋯

姨父来了，小姨来了，三个表妹都来了，还有姨父的堂兄堂弟们⋯⋯他们大多都是第一次来王畈，没想到是因为小旺。小姨坐在我们当院里哭。母亲拉她进屋，她还说在人家堂屋哭不吉利⋯⋯

我能理解小姨的心情，三个女儿，抢着生了小旺，唯一的男孩，当然是宝。

我们找了三天，后来听说十公里外的一处河滩有具尸体。我们去了，尸体被河中间一个沙丘堆拦住，老远都能闻到尸臭味。我第一个游过去，把尸体拖到岸边。小姨他们围上来，再次哭得我揪心地疼。

朝陈湾运尸体的时候，我也要去，父亲说方菲正到处找我，让我先回去。方菲找我是幌子，父亲毕竟经历得多，防备着哩。果然，小旺入土那天，有人踢了父亲一脚。我后来听说，小姨站出来挡住了那人，哪个当姨父的想这样？！

我们都忘了思成，他当时躺在河岸上，死了一样。小旺运回陈湾后，他在家里睡了好多天。母亲给他收魂，扯着嗓子叫他的名字，从河边到家，往返两次。

好长时间我都不相信这是真的，以为是个梦，梦醒后悲转欢，离转合，小旺能再回来。可惜，现实不是游戏，可以重来。

两家亲戚就这样断了。断就断呗，母亲到处跟人说，人穷了，谁都不想跟你走动。

我觉得母亲有点狭隘,我们家是穷,可小姨一直没有嫌弃我们啊。

6

母亲打电话给我,说是想要回陈湾一趟。

为什么?放下电话,我想不明白。母亲是想回陈湾看看?还是亲情回归,想去看自己的表妹?电话里她只说是回陈湾,并没有说去看我小姨。母亲跟我们不一样,她后来又去过叶寨好多次,姥爷死,姥姥死,还有舅舅娶儿媳妇……红白事都是大事,小姨自然也不会缺席,我猜她们俩免不了碰头,但母亲回来从来没提过,父亲不问,我们更不会问。

第二天我就回王畈了——说走就走,没什么牵绊。我从镇上带了思成回去,陡沟背集,量贩不忙。十月底了,天有点凉,父亲在厨屋后面晒太阳。王畈原来也有水塘,就在我们家厨屋后面,可早干了,现在一滴水也找不到,杂草丛生。我们家有两棵柿子树紧挨着原来的水塘,树叶快掉光了,没掉的也枯黄着。树杪上有几个柿子,红得异常,老远就能看到。母亲两次的解释不同,一次是说给鸟留的,一次说是敬老天爷。我走近了,父亲才看见我们,向我们挥手。他坐在高高的椅子上,穿得很厚,显得有点笨拙。母亲听到动静,出来跟我们寒暄几句,转身跟父亲说,走,咱回院子里坐。说着,就把父亲从椅子上抱下来。是的,是抱,不是扶。我有点惊讶,父亲怎么突然这样了?

那是父亲手术后第四年,我除了每年给他们点生活费,几乎没有做过任何其他工作,买药、护理、做饭,都是母亲一个人。思成回去得多些,西头一间房子空着,充了他们量贩的仓库。他说每次回王畈,母亲总是围着父亲,两个人好像再没冷战过。

思成搬着高椅子,母亲抱着父亲。太阳还没进到院子里来,被两边的房子遮住了。母亲又指挥思成把椅子搬回到厨屋后面,放回太阳地儿里。安顿好父亲,她不放心,让思成先看护一会儿。

我跟着母亲回到堂屋。

也没啥,母亲说,你爸可能时候不多了。

看得出来。我没接母亲的话,不知道说什么好。

他也意识到了,前儿个才从你姑父那儿回来,大前儿个去了你舅爷家,初七去了老店你那个姑奶家……

他这是在跟人家告别呢,我心想。

亲戚都走了一遍,母亲说,远的近的,包括他年轻时出河工的一个朋友那儿都去了。

他没有说他想去陈湾,他不说我也知道他想去看看,看看陈湾,看看你小……母亲肯定想说"看看你小姨",但姨没说出来,突然就泪流满面了。

我手足无措,妈……

母亲擦了一把泪,别笑你妈,你妈也是个女人。我知道你爸娶我是因为你姥爷,他是大队(母亲那一代人依然把村叫大队)干部,我沾了你姥爷的光……你爸那时候风光,他是毛泽东思想宣传队的人,经常坐在台上给人家拉弦子……

怪不得小姨问我会拉弦子不,原来与父亲有关。

我怎么从来没听我爸拉过弦子?这是事实,也是想岔开话题,转移母亲的注意力。她这样直接,我不敢面对。

还有那心思！母亲直了一下身体，有思成的第二年他就瘫了……

这个我也清楚。

那时候还没有小旺，母亲说。我拉着架子车去五里店看病，医生说拉回去吧，拉回去准备后事吧，我们两个一路哭着拉回来的……

"还没有小旺"这个参照时间也不对，前面母亲已经说是有思成的第二年了，突然又说小旺那时候还没出生，什么意思？还有"我们两个"，哪两个？我没敢问，怕母亲控制不住悲痛。

我跟你小姨。母亲像是看出了我的疑问。

弦子呢？我问，还是想转移母亲的注意力，你们咋连弦子都没留一把？

那不是？母亲指着山墙上的那个长长的灰色包袱。

那包袱一直在门后挂着，暗红色，帆布的。我小时候以为亲戚拿来的果子都藏在那里面，垫着凳子摸过，里面硬硬的，不像是果子。后来新修了房子，帆布包掉了色，成了灰色，还挂在新房子的门后面。

我过去取下来，上面满是灰尘。帆布已经糟了，口还系得牢牢的。里面是一把半旧的二胡，琴杆亮堂堂的，可能是父亲长期抚摸造成的。琴筒的一侧刷着红色的"毛宣"两字，母亲说，毛泽东思想宣传队。

我胡乱拉了两下。我不会拉，出来的声音没有旋律，僵着，很难听。

父亲会拉二胡，真让我吃了一惊。说母亲会，我还能接受。小时候，母亲教过我唱歌，"天上布满星，月牙亮晶晶，生产队里开大会，诉苦把冤伸……"过后我问过思成，思成说他也从来没听父亲拉过。我还专门打电话问思福，他说父亲会拉二胡他知道，忘了听谁说的了，但他也没听父亲拉过。不知道是不是父亲的基因暗暗起了作用，我喜欢二胡的音色。第一次正儿八经听二胡是有一年学校的元旦晚会。主持人报"二胡独奏"，上去的竟然是我们的体育老师。体育老师上来坐到我们学生坐的凳子上，我们还没回过神，二胡就急促地响起来，有点百米赛抢跑的味儿。嘈杂的报告厅突然静下来，所有的耳朵和眼睛都集中到台上的体育老师身上。体育老师不看台下，闭着眼睛，头随着琴弓的拉扯一会儿仰起来一会儿又低下去。有清晰的马蹄声——过后问身边的同学，才知道曲名就叫《赛马》——由远及近，一阵比一阵强，层次感分明，与马的嘶鸣杂沓在一起……老师合上弓站起来谢幕时掌声才响起来，经久不息。

母亲说搬家那天她心里难受，回来跟父亲怄了好多天。我问怄啥气，不愿回来？母亲说，东西都装上车了，你小姨说他们家新房下墙脚两千块砖就够了，另外两千块，让我们带走……

那不好吗？我记得咱原来的房子屋基是砖头垒的。小姨要不给那两千块砖，咱不得都是土墙啊？

母亲头转到一边，不想要她的。顿了顿，又说，你爸没志气，要人家的砖……

母亲说不下去了。母亲是不想要砖头啊还是不想承小姨的情？

你们是姊妹，我嗫嚅着，还不是……

小旺可能是父亲的儿子，父亲死后思成才跟我说。思成也是听思福说的，思福听大嫂说的，外面都这样传，小姨找父亲借的种。我极力否认，小姨，父亲，怎么可能？过后想想，那时候的乡下不乏这样的例子——小姨一连生了三个女孩，父亲膝下都是男孩。

院子里有太阳了，思成及时朝屋里喊了一声。他手里托着椅子和父亲——父亲仍坐在椅子上，眼睛却始终朝屋里瞅。

我已经放下二胡，把它重新装进那个糟帆布袋里。母亲脸上也干净了，不知道什么时候擦的。我们在院子里安顿好父亲，一家人围坐在一起。

我偷偷瞅瞅父亲，他瘦多了，脸上的骨头像要撑破皮戳出来，但脸型还在，四四方方的，符合那个年代的审美。

我们从河南搬到河北，是1978年。我其实记不住具体的年份，但我记得我离开河南的学校时，头顶上有飞机飞过，老师们说，那是去参加郭沫若的葬礼的。郭沫若的生平到处都能查得到，因为这个，我才记得我们搬家的年份。

河北是我们老家，父亲说，我们得搬回去。我的记忆中没有小姨给我们家两千块砖头的事，那不是一个十岁孩子关注的事。我关注的是王畈当晚放电影，来帮我们搬家的亲戚在河对面喊，赶紧啊，回去还能看《两个小八路》。我坐在忘了是谁的自行车前杠上，盼着快点快点，赶回去看《两个小八路》。还没赶到，我就睡着了……

第二年腊月，邮局送来一张汇款单。这个我也能记得，那时候汇款单少，左邻右舍都来看。寄了五块钱，没留汇款地址。但我记得上面的留言：记着买炮。五块钱能办很多事，还去年过年欠的肉账，还欠人家的化肥钱，还给思成接胳膊借来的钱……买炮根本排不上。那张让我们买鞭炮的汇款单好像一下让我懂事了，懂了过年没有鞭炮放是因为穷，穷是羞耻的……过年那天我待在屋里，没再出去到处跑着拾人家没燃尽的鞭炮。

吃完年夜饭我还主动洗了脚——我比任何时候都盼着母亲念叨的"三十晚黑洗个脚,来年打的粮食没哪儿搁"能实现。可我记得很清楚,那一晚母亲却没说这句话,她脸木着,又和父亲开始了冷战。

我上中专,家里的日子仍然紧巴巴的。寒假前学校食堂改善生活,早晨油条,中午猪肉粉条。我兜里只剩下饭票,没有菜金,但又是敏感年纪,磨蹭到同学都吃完饭我才去食堂。油条没了,猪肉粉条也被抢光了,我舒了一口气,大声说,啥都没了,那就买馒头吧……

中专第一个寒假,回来不见父亲,说是我舅给他找了个差事,给人家卖馓子的当帮工,也能学着炸馓子。后来才听说,引线的其实不是我舅,是小姨。

第二年六月,父亲突然去农校找我。我们学校在市郊,父亲摸到的时候已是晚上,学校食堂已关门。父亲带我下馆子,学校门口有好多小饭馆,专门针对学生的。父亲挑了一家,要了一盘卤肉,一盘青椒肉丝。我喊服务员,怎么筷子只给一根?服务员笑,接过去扯开,变成两根,递还给我。我看看父亲,他已经自己扯开——听说他在县城承包了一家医院的餐厅。

吃罢饭,我让父亲去找旅社,他说找什么旅社,多花钱,随便在你们寝室住一夜吧。我说寝室热得睡不着啊,同学都在外面睡。父亲说好啊,咱也在外面睡。可是,我没有凉席。但我没有说出来。冬天寝室里都是两个同学一张床,有一张席就行了。天热了,两个人没法再挤一张床,大家都拎着席片各自在外面找地方睡,房顶上,乒乓球台上,足球场上……我没钱买席,只好趁同学放了晚自习,将四张课桌拼在一起当床。

那一晚,父亲跟我一起睡在教室里。墙角突然有蟋蟀叫,因为安静，格外响亮。要搁往常，我肯定害怕，传说我们的教室先前是乱坟岗。灯早就熄了，半夜了，父亲和我都没睡着。让父亲看到我的窘迫，我心里很不安。外面有些微的月光，上弦月。有风，很轻，我能看到树叶晃动。月光被叶片撕碎，一闪一闪的……我经常想起那个晚上，我和父亲睡在同一间教室里，有些心酸，也有些甜蜜。一个很平淡的晚上，却坚硬地印在了我的记忆中。

7

日子是母亲定的，说是请人看过，是好日子。不知道母亲是有意还是无意，正好逢集，思成去不了，但他异常大方，准备了好几箱礼品。后备厢快塞满了，两箱手工挂面和火腿肠只能放到母亲脚下。

陡沟淮河大桥已经通车一年了，比下游那座宽，也更高。父亲母亲都没走过这条路，风景真好。秋天就是好，满眼都是色彩，很有层次。银杏是金色的，松柏还绿着，大多数树叶都是黄的——黄也有很多种，即将枯掉的是金黄，已经枯掉的更像红……乡道车少人少，路上干干净净的，好有意味。

前面一堆人，我按了下喇叭。人群挪到路边。我看着不对劲，母亲也说，像是打架的，一群人打一个。我靠边停下，母亲督促我去看看。

一群小青年，两个手里还拿了棍，地上躺着一个，只穿着衬衣，听到有人来，头翘起来看我。可不敢把人打坏啊，母亲跑上来。

拿棍的一个又踢了地上那个一脚，眼睛迎着我，似乎在向我们示威。

我没理他，过去拉起来那个躺在地上的。他左边的额头有血。母亲惊叫一声，打坏了你们要坐牢的，谁也跑不了！

我拿出手机要报警。多管闲事！刚才那个踢人的上来捅我一拳。心里还是怯了，捅了就跑。

被打的这个上来捂我手机，算了，都是哥们儿。

打成这个样子了还是哥们儿？母亲伸手拨弄他的头发探看伤口，他后退一步，不让人动。

你确定？我问。

他点点头。怕我不信，又说，确定。

要不要送你去医院包扎？我问。前面就是五里店。

不用不用，他摆手，明显不耐烦，急着摆脱我们。

要得破伤风啊，母亲提醒他。

那小子指了指不远处的村子，我就回去，回去包。

小姨正好打来电话，走到哪儿了？

我说五里店，马上就到。

挂了电话，他们都走了。我安慰母亲，他自己不乐意我们不能报警，警察来了他不承认挨打咋办？

都出血了还不承认？

闹着玩的，他会说。他们是一个村的，即使不一个村，也经常在一起，搞僵了他的日子更不好过。

母亲的感觉跟我上次来不一样。到了陈湾村头，她说嗯，还那样，没变。经过那个半月状的水塘时她又嗯了一声，还那样，没变。父亲像个稳重的将军，左看看右看看，一句话不说。

小姨门口一堆人。母亲叫着名字，一一跟人家招呼。小姨跟姨父站在一边，脸上挤满了皱纹。秀秀从我手里接过父亲，问，姨父，还认得我不？父亲说，苗苗？小姨在一旁说，秀秀，老小。那个是苗苗，在五里店街上住。豆豆走得远，广西，没法回来。

吃罢饭再叙，姨父站在台阶上喊了一句，饭都凉了。左邻右舍就散了。

一大家人，一大桌菜。母亲说，有一年蛮子抓了个老鳖，手被咬住了，鳖头砍掉了还咬着手。姨父说他也记得，蛮子痛得叫娘。这事儿我们都不记得了，我们记住的都是自己的事儿。苗苗说，小顺哥那时候没胶鞋，老师让我下雨下雪照护他，路上有水洼时背他。有一天我去你们家等，小顺哥吃饭慢腾腾的，我干急不敢催。后来他见外面进来一个高年级的男生，马上丢下碗。过后我才知道，那男生是学校学雷锋标兵，下雨下雪来回都背着他……大家都笑，我说你编的吧，我怎么没一点儿印象？

吃过饭，秀秀说她自己清理，人多了碍事。你们好好聊聊。

父亲、母亲、小姨坐了长沙发，我和姨父他们还坐在吃饭时的椅子上。姨父问，你们还记得知青小李不？父亲点头。姨父说上次回来了，找了几个宣传队的人去见面，她还记得王哥。小姨说是，不知道她咋找到秀秀了，要了我的电话。她那时候小，才十几岁，都叫她小李。父亲说小李白白净净的，干不动活。小姨说，人家哪是干活的人啊。小李后来成了大学老师，现在退休了，年底还想在信阳组织一次聚会，把咱毛泽东思想宣传队的人都叫上，她请客。我问小姨，你也是？小姨笑，咋了，我不像？我没有你爸聪明，打梆子找节奏总还可以吧。

小姨和父亲都是宣传队的人。他们是队友。

小姨问父亲还记得那个姓胡的不？拉手风琴的。父亲说记得，两个耳朵贴着头皮。小姨说是的，他中风了，让人送到大队部的，小李看到他眼泪流多长，说怎么不早说，我们上门去看您啊。

我问，小李是不是在学校当过老师啊？

小姨说当过啊，回城之前一直在当老师。

她好像当过我们语文老师，我说。是不是瘦高瘦高的，很白净？

白净是白净，不高，小姨说，比我还矮一点。

我宁愿相信我的记忆有偏差，就像村口的那条土路，我的记忆中高出两边田地很多，因为当年我自己很小。

李老师语文教得好。我还记得有一次作文课，李老师在黑板上画了一个陷阱，里面都是刺，一个鬼子掉进里面，她让我们看图作文。

谁能想到小李会成大学教授？姨父说。

社会变了，小姨说，你能想到小顺写字也能换钱？好了，都好了。人家思福在郑州当老板了，还买了房子，大城市人了。思成也好，搞个大商场，至少吃喝不愁吧。小顺更不用说，国家干部，都当主席了。

母亲问，苗苗她们不也很好？

小姨说都好，苗苗近，在五里店做个小生意，大的今年考上大学了。哪个学校啊？

苗苗说，武汉，华中师范大学。

我说师范好，现在老师待遇好。

有出息，母亲说。

小姨说人家还不满足呢，跟他妈说要复读。复读搞么事哟，再考不上呢？

苗苗接过话，他说他想学建筑。

小姨说，建筑还用学？咱湾里出去的不都在干建筑？

我说不一样，人家大学学设计、规划之类的，不是简单地垒砖头盖房子。

小姨说豆豆跑得最远，广西。他爸那时候也是嫌远了，我说他是自私，只想着自己，近了能多来看看他。我支持她，远是远点，只要他们两个好。秀秀喜欢读书——我们这个家你们也知道，愿意读，供得起——大学毕业跟小顺一样分到乡里，一步一步到了宣传部。三个女子都中，都不缺钱，也孝顺。

我很紧张，怕小姨接下来要说小旺。小旺没这个命，小旺要是还活着……这是说完三个女儿之后自然的话题。母亲握住小姨的手——我看到了，是母亲主动的，她伸出右手，侧了一下身，握住小姨的右手。

小姨的眼睛湿了。

母亲也是。

苗苗及时站起来，说你们聊，我要请表哥再写幅字。上次写的，工商所一个领导看到了，喜欢，要走了。

我开玩笑，说好，有人喜欢就好，不就费咱点墨水嘛，不值钱。

秀秀正好也收拾罢，说她领导也喜欢颜体，这次想替领导求一幅。

忘记总共写了多少幅，那天下午我像是在自己书房练字。每写完一幅，都要端详一番，嗯，这儿不够稳健，那儿不够厚重，有的地方不够雄浑，有的笔画不够宽博……再写，总觉得下一幅会更好，会"纵横有象，低昂有志"。我喜欢颜体，喜欢颜真卿这个人。一千多年前他在我们邻县待过一段时间，奉皇帝之命来平淮西之叛，留下很多真迹，我们县教育局老家属院汉黄叔度墓碑就是他亲笔题写的。

小姨进来，见莉莉和苗苗她们打成一片，说莉莉好脾气啊，你没有她喜俏。

我没有觉得小姨是在批评我。她说得对，这也是我喜欢莉莉的一个原因。一个家庭，总得有一个人来平衡亲朋好友之间的关系。

晚上回到县城已经很晚了，车刚停好，母亲就打来电话，你爸棉袄兜里塞了一个红包，一千块钱。

莉莉已经下车，朝楼上走。我仍坐在车里，觉得身子很重，抬不起来。一千块钱，这礼也太大了。还有红包，小姨早有预备啊。

8

父亲从陈湾回来的第二年就死了。十三年后，小姨也死了。小姨死的那天我在郑州，儿子刚办完婚礼没几天。

方菲在婚礼的第二天就回了老家，她不喜欢周娟红，她说与她理想中的儿媳妇恰好相反：幼年父母双亡，偎着奶奶长大，胖，不会做饭，职业中专毕业，地铁服务员……我最初也不喜欢。一年前，方菲与他们一起在郑州过了一个春节。我是节后过去的，方菲让我去当老法海，拆散他们。我道行太浅，也可能因为在文联待久了（我在那儿待了近二十年），做事过于感性，更不用说掐断一段没什么坏苗头的爱情——周娟红到阳台上晾衣服儿子也跟着，一人抖，一人搭，好像两个人必须如此默契才能把衣服搭到晾衣架上。儿子说周娟红性格好，乐观。确实，周娟红喜欢笑，笑声很清脆，听着就是一个没什么心计的人。另一个原因可能是年龄大了，人的心态也变了，觉得只要儿子与她在一起快乐，过几年离婚又能怎么着？毕竟他们这样幸福地过了几年。人活着，折腾来折腾去，还不是为幸福？

我和莉莉顺便在郑州小住了几天——天冷，儿子的小区有暖气供应。有一天晚饭后我在公园里散步，隐约听到哪里有人在拉二胡。循着声音到了一个公交车站台那儿，有人正和着琴声唱戏，"再不能中岳庙里把戏看，再不能少林寺里看打拳，再不能够摘酸枣把嵩山上，再不能摸螃蟹到黑龙潭……"唱腔凄切，苍茫，与二胡像是融为了一体。拉二胡的是个盲人，戴着大墨镜，坐在小马扎上，面前一个大音箱，音箱上一个瓷碗，里面几枚硬币。唱完《卷席筒》，过来一个中年妇女，手敲敲音箱，老范，《九儿》。可能是老搭档来了，那个叫老范的盲人也不寒暄，拉起架势。第一个音拖了很长——有炫技的成分——像一只手扯开你的神经，渐渐到了极限处，你只得屏声静气，生怕一不小心就会被扯断神经。然后弦音又一转，那只手又慢慢松回去，慢慢地，慢得你差一点就失去了耐心……老范像一个魔法师，将二胡的忧伤浸入人的肌肤。我想离开，又舍不得，那琴声似乎还扯着我的心。我不能不想到父亲，他抚弄二胡的情形跟老范应该差不多。老范成了乞丐，阿炳也是，父亲虽然没有到那一步，但二胡里一定有某种可怕的东西摧毁了他们。

中年妇女走了，老范又唱《铁窗泪》……

天冷黑得早，老范像是也担心走黑路，开始收摊。我上去帮他，趁机问，你咋不拉欢快一点的曲子？

二胡本来就这个调啊。你看，它这样，两根弦，是不是在相依为命？老范很得意自己的俏皮——他一定也多次这样跟别人解释过。

《赛马》不欢快吗？我问。

老范一怔，诚实地答，《赛马》在这儿拉不合适啊。

是，《赛马》那样的曲子应该在灯光齐聚的舞台上，比赛，或是晚会。它属于学院派，离老范这样的人远，离我父亲更远。老范和我父亲应该会拉"天上布满星"。

表妹苗苗的报丧电话是第二天早晨打来的。小姨头天晚上咽下最后一口气，时间是六点十分。我当时拿着电话，耳边立即回响起二胡的琴声——六点十分我正在站台那儿听老范拉琴。

无所在的生活

1983 年

　　我妈是北方的"侉子"。北方其实不是地理书上的所指，王畈的北方是县城以北，甚至镇街以北。侉呢，我们这儿主要指说话的声音，相对于南方蛮子发音的糯。还有体型，侉子骨架大，人多粗糙。但我姐不，虽然她生在北方。我姐人白，五官精致，说话没一点儿侉音。她两岁多时，亲爹得陡病死了，我妈带着她走到王畈。第二年，又有了我。

　　我妈为什么会走到王畈？可能是因为王畈这个地方特别吧。我在小说里无数次写到过它，但好像还没说到过它特别的地理环境。淮河从陡沟镇突然南拐，王畈的西坡地就是河道冲积而成的河湾，土质肥沃，因此又叫（菜）园。东坡地少，人均几分。再朝东，就是岗上了。我们当地人都把"岗"念成四声，明显带着一种排外的情绪。不过，岗上的地确实不如我们园里，只能种小麦。那时候还没有机器，岗上每家十几亩地全靠手割，想起来就吓人。淮河以西呢，连平原都算不上，到处都是没用的小山包。近是近，但不跟我们一个行政区划，鲜有往来。

　　我妈肯定是都打听清楚了才走到王畈的。我姐呢，可能因为打小就吃淮河水，处处不像我妈。我姐更像一个行动者，心里有一个想法，立即行动。不会等有两个想法，再二选一。

　　我姐只上了三年学，跟她后爹——我亲爹——没关系，是她不喜欢挨老师的打。有一天，算术老师可能心情不好，下手狠了点，我姐的头上起了两个大包。她不干了，挎着书包就回来了，死活不愿意再进学校。

　　放了几年牛，农村开始联产承包。承包肯定比大集体忙，但王畈不像岗上，忙起来累得人半死，王畈一年四季也没多重的活儿，可又常年闲不着，春夏秋种菜、锄草、施肥、松土、浇灌、收菜、卖菜，冬天没菜了，窖藏的萝卜、姜还得弄到街上去卖，要不然，年怎么过？园里因此跟岗上一样，女孩都订婚早，这样家里就可以获得一个免费的男劳力，收麦卖菜，用起来应手。我姐自然也不例外，多一个劳力，谁嫌多呢？

起初我姐并不稀罕人家给她说亲，她虽然是一个女孩子，干活并不比哪个男孩差，男孩能拉一车粪进地，她也能；男孩能驮一百斤姜赶县城，她也能……赶集回来，男孩子们在公路上大撒把，她也跟着学。村里人都说我姐这样的女孩有异象，命硬——她亲爹都没硬过她。

李得运就是这个时候进入我们的生活的。不，应该说来帮我们干活更贴切。麦收他过来，赶远集他过来，运粪到地里、拉麦草回来都离不了他。都一样，定了亲的男孩都会这样帮女方干出力活儿，比干自己家的活儿还欢腾。李得运太老实，赶集回来，路上连个烧饼都不舍得买，一分一角都交给我妈。收麦回来晚了，我妈我姐都换成短袖的家常衣衫，李得运好笑极了，眼睛不知道该放哪儿，头几乎要埋进碗里。

初三那年的麦忙假，我妈不让我下地，让我在家准备中考，顺便烧饭。有天晚上睡觉前，我姐在屋里洗澡，我说我发现李得运与往常不一样了。我姐停下来，看着我，哪儿不一样？我想了想，没想出来。我姐骂我小屁孩懂啥，身子扭过去，背对着我，又开始朝身上撩水。

我特别怀念那个年龄，我和我姐都还没有意识到我们不是嫡亲姐妹——也不是没意识到，是没觉得有什么不同。我多大了，我姐还帮我洗澡、擦身子。我身上穿的小衣服也是她穿过的，两排稠密的暗扣，非得吸着气才能扣上。记不清从什么时候开始，我姐好像也不一样了，洗澡避着我，换衣服也避我。听我这么一说，我姐竟然将毛巾扔到水盆里，以前你小！——她生气了，更不像她了。我没再跟她犟，心想，跟大小有啥关系，姐姐跟妹妹之间有啥要避的？

那一年暑假，有好多异象，我妈对我也突然不一样了。太阳偏西了，我妈招呼我，人家都下地了，咱也下地吧。当时只有我们俩，我妈的这个咱字当然包括我。我跟她一起顶着大毒太阳去西坡薅姜地的草，或者去东坡翻红薯秧。有一次，我妈竟然让我去卖菜。去就去，我有点赌气，我妈递的草帽我也没接。那是早晨，自行车倚靠在墙上，后座上两个蛇皮袋装满了热萝卜——我们管夏天的萝卜叫热萝卜，冬天的叫冬萝卜——差不多有一百斤。我拿捏着腰推了两步，不行，车把不听使唤，乱扭。一百多斤的人我可以带，萝卜我带不了。我姐不知从哪儿跑过来，也不说话，夺过车把，一偏腿，骑上走了，像是跟谁赌气。我妈没好气儿地让我跟着，园里人不会卖菜咋过日子？我到菜市场找到我姐，两袋萝卜靠人家屋后墙放着。10点多以后，阴凉就没了，萝卜被晒得蔫蔫的。人也一样。我又热又渴，几近虚脱，强撑着。我以为卖菜只是力气活儿呢。熬到中午，才卖了二十几斤。我姐学人家，将萝卜当街倒到地上。回家我也没有不高兴，平时我老在学校，放假回来就应该多干点弥补一下。但我心里还是有变化的，我妈怎么也变了？她过去不是这样，我放假她总叮嘱我不要乱跑，在家里好好学习，我和你姐都这个样了，亲戚邻居看不起，咱家就看你了。你要是考上大学，我们累死也值了。有一天，我们一道拔秧田里的稗草，我妈没忍住，说我只能指望你了，你姐秋里就要出门了。

我吃了一惊，回头看，我妈已经泪流满面。我姐不是说等我毕业再出门吗？我问。

我们这里"出门"就是嫁人。当初媒人进门的时候我妈就有言在先，我们家缺劳力，我姐得比别的姑娘晚几年才能出门，至少得等我毕业。我掰着指头算了算，也是，他们订婚才三年，我姐也才十八岁。

晚上，人都睡下了，我姐问我，莲，你上学多，你说说星星那么多，要是撞头了咋办？

我没搭她的腔，我还在生她的气，谁要她这么早就出门？看看窗外，天上星星密密麻麻。我姐看得更清楚，她在地上摊了个凉席，还挂着小蚊帐。打我到镇上上初中起，夏天她就不跟我挤一张床了。

莲，睡着了？我姐又问。

我吭了一声，没忍住，你秋里就出门？

我姐嗯了一声。停一会儿，又说，我有小宝宝了。

她一点也不嫌丢人，好像没结婚就怀上了还是一件多值得骄傲的事儿。我在黑暗中想象我姐和李得运亲热——我控制不了自己。她怎么这么傻呢？

你安心读你的书，家里的活不用你操心。薅草锄地咱妈自己能应付过来，还有咱爹呢。反正近，有啥事他们招呼一声我们就过来了。

我出气缓和多了。

到时候，家里的活儿我不让你得运哥干，他只管出去卖菜，哪儿的菜贵去哪儿卖，屋里不用他操心⋯⋯

菜卖完了呢？我故意赶她的话。

卖完了？卖完了买人家的卖啊，她好像早计划好了。哪儿没有缺劳力的人家？

咱妈让我回来帮忙。我说，一屋子活儿，他们俩可干不完。

你回来能做啥？我姐像是坐了起来，忙的时候我跟你得运哥都能过来帮忙。你一个读书写字的，回来能做啥？

也是，不知道是学懒了还是身上真没力气，我做活还真没常性。

没过几天，我妈就死了。那天的异象是，我妈吃完饭没洗碗洗锅，搬了躺椅就到东屋山头那儿凉快。躺椅是竹编的，本来是爹的专用品，夏天走到哪儿他搬到哪儿。我妈那天笑着抢去了，说她也得像男人一样享受一回。几个邻居也在那儿，说响午吃的饭，说等会儿太阳偏西了要去东坡薅黄豆地的草……天太热，树上的叶子一动也不动。知了倒不嫌热，比赛似的，看谁嗓门高。我妈记性好，说今年的南瓜不如去年的甜。最甜的数大前年。有人附和。我不信，她咋能记得大前年南瓜的味道？

后来不知为什么，我妈回屋了，我抢着占了那个躺椅。醒来就听到她骂我姐，不要脸，多难听的话都骂出来了。农村都这样，母女也不例外。我姐也没什么，娘骂闺女，她能怎么样？我妈却气不过，喝了农药。被发现时，身子已经凉了。我姐哭得惊天动地的。我也是。我姐比我还多了一层意思，悔恨，不该和我妈顶嘴。

我开学的那天早晨，我姐骑自行车给我送米，还有衣服书本被褥脸盆饭碗，我啥也不用带，坐客车。多少年后我怀孕的时候余卫国连饭都不让我做，我才意识到30公里的负重骑行对一个怀孕两三个月的人来说多么危险。爹是过来人，肯定也知道这个理儿，但他没有阻拦。

我到学校时,我姐已经帮我换好饭票,找好寝室。走的时候,她把钱掏给我——那时候路上小偷多,钱都放在我姐身上——随即往回赶,说是回去不耽误晌午饭。我姐走后我才发现,那一卷钱里还裹着五分两分的硬币,她兜里所有的钱应该都给了我。

没过多久,我姐突然来学校找我,同行的还有李得运,他的自行车上驮着个粉红色的大皮箱。我们站在学校大门边上说话,对面商店里的录音机声嘶力竭地唱:"酒干倘卖无酒干倘卖无酒干倘卖无……"

他们来买结婚穿的衣服,这是婚前的一个固定程序。再过几天就是他们的婚期。农村相亲结婚都选在冬腊月,没啥活做了,人都闲了。本来媒人也来了,买好衣服他先回去了。

我姐给我带了一罐头盒咸菜,还有五块钱的生活费。李得运在一旁见了,也给了我五块。我不想要,我姐在一旁向我挤眼,让我收下。她脸上没有一般要做新娘的人的那种矜持的喜俏,甚至还有点脸色。过后才听说,是因为李得运那边减少了彩礼。这也正常,人家种子都撒下了,主动权还能在我姐手里?

1986 年

我升入高三的那个春天,我姐跟卷毛跑了。这是李得运的说法,我当时正上夜自习,他慌里慌张地把我叫出来,一听我说没见我姐,身子就软了下去,说我姐肯定是跟卷毛跑了。

"跑了"就是私奔的意思,但比私奔更随便,更难听,言下之意就是我姐不检点,随随便便跟一个男人跑了。我当然不高兴,也不愿承认。我姐真傻——这是我第二次觉得她傻——都是没文化闹的,我心想。我们王畈也有一个外面跑来的女人,说话粗鲁,男人都不敢跟她开玩笑。我没见过我姐跟男人调情,但一想到那个外面跑来的女人,我心里就别扭。李得运走后,我心里乱糟糟的。卷毛我见过两面,是镇街上下来照相的。王畈人都喜欢他,不是因为他的长相——他还没李得运好看,脸瘦精精的,也就个子比李得运高一些——卷毛是街上的人,街上的人冲着你笑冲你说好话,哪个不喜欢?卷毛隔不多长就要来王畈转一圈儿,照相,或者送照片。我跟我姐唯一的一张合影就是他照的,我姐眼睛睁得大大的,好像被什么新鲜事儿惊住了。

五一放假回去,大水婶在厨屋做饭。大水婶是寡妇,大水叔前年从房顶上摔下来,死了。我不愿意大水婶当我后妈,不是不喜欢她,是一时接受不了。那天晚上我大半夜都没睡着,心里很不好受。想到我姐,跟我爹没一点儿血缘关系却叫了十几年爹,她心里什么滋味?第二天又见到大水婶,我强迫自己笑了笑,但搬椅子放碗的动作还是不由得重了点……大水婶不傻,看出了我的心思。可怜我爹,算起来,他那时还不到四十岁,正是大好年龄,却生生被我断了再娶的念头。

爹很少跟我提我姐的事儿。我妈死后,我姐命硬的说法更盛了。爹迷信这个,可能希望我姐永不回来才好呢。我姐的事儿都是我隐约从别人那儿听到的。去年春上有人看到卷毛和我姐亲嘴,两个人倚着屋后的稻草垛。还有人亲眼看见卷毛和我姐一前一后坐船过河到信阳。我回去跟爹说,我姐在信阳。爹木着脸,没吭声。我不甘心,瞅着机会又说,谁谁去信阳卖菜,亲眼见她在一个饭馆洗碗。你跟我说有啥用?爹说,她是姓李的人了，我们去找回来算啥？

我不知道李得运那边知不知道我姐在信阳。按说应该知道，我都听说了，还能没传到他们耳朵眼里？可没有人去找，我姐是自己回来的。收麦时节，毕业班不放假，我们忙着备考。爹也捎信不让我回去，说是我姐回来了。我算了算时间，我姐应该走了三个月零几天。

高考结束那天，我回寝室，我姐正坐在寝室前面的乒乓球台上，自行车支架坏了，车子斜靠着球台。我愣在那儿，不知道该说啥。我姐站起来，说来卖豇豆，顺便接我回去。卖完了？我问了句废话。没卖完，我姐说，剩下一点儿在你们学校门口卖了。我收拾好东西，我姐推着自行车朝外走。迎面碰上钟山，我说我姐来接我。钟山看看我，又看看我姐。我心里不高兴，他看我姐的时间有点长。我让我姐先去学校门口等着，我跟钟山说两句话。钟山喜欢我，给我写过好几封长信，我都没回，我答应他高考结束第二天送我回去。我姐突然来接我，我跟他解释说这是意外，我提前不知道。

出了城，视野就开阔了。小麦才收完，地里刚起了一层嫩绿，黄豆少一些，大多是花生。天上也开阔，蓝天衬着几片薄薄的白云。自行车越来越快，路嗖嗖地朝后退让。

姐，听说你能不掌把？

带东西可以，带人不行，危险。停一会儿，又问，你有对象了？

我红了脸，没有啊。

刚才那个……

同学，我说。

他爱你？

第一次听我姐说爱,她一般都说喜欢——我也是,好像农村人都不习惯说那个字。它过于严肃,农村人都习惯把它藏在心底。我姐说出来,更让人觉得别扭。

你爱他不?她又问,好像是故意要在我面前再说一遍那个字。

我不想跟她讨论这个问题。姐,三年前就是你送我来上学的,记得不?

咋不记得,那次我骑车带了一袋米,没法带你,你坐客车。

好快啊,我说。

莲,你们忽过吗?

我一愣,忽什么?

我姐习惯性地朝后扭了一下头,你们没亲过嘴?

我笑,拍她的背。吻,那个字念吻。

我姐也笑,讪讪的。

我说我们连话都没说过几句,他倒是给我写过几封信。

写信?那么近,啥话说不了?

我有些得意,为自己会写信。有些话,当面不好说,写出来就容易多了。

还是有文化好,我姐说。

我姐开始讲她知道的城里人的事儿,电影院,喇叭裤,女人的裙子,胸罩……这都不稀罕,我一边敷衍,一边开始认真思考她刚才的问题。钟山爱我吗?我不知道。喜欢是肯定的,要不然,他老关注我?我爱钟山吗?我也不知道。真的,应该也有喜欢,但我不确定是不是爱——我觉得爱要比喜欢深刻得多,严肃得多,梁山伯祝英台那才叫爱。我跟钟山,就像我姐跟李得运,还有卷毛,应该都没到那一步,只是青春期男女对异性的好奇或冲动？

挨黑的时候，我们到了镇上。我说走河边吧，我怕村里人问我考试的事。河边是生产路，窄得只够走架子车。好在我们家在村西头，回家不用穿过整个村庄。

太阳已经坠到西边的山后面去了，天边只剩下一抹红霞。正是男人们洗澡的时候，先下水的，只露着头。沙滩上有人在脱衣服，还有人刚脱光，正准备下水。见我们经过，有人瘪着嗓子远远对我们唱：梅兰梅兰我爱你……我姐将车子一拐，拐出了他们的视线，拐到离河岸远些的另一条小路上。歌声停了，换成得意的笑，追着我们。

姐，你咋不跟卷毛了？眼看快到家了，我问。

他回家了。人家有老婆孩子。

哦。我不知道接下来该怎么问。事情过去好多年后，我姐跟我说过卷毛，说她当年被卷毛迷住，是因为卷毛太像打井队的人，眼神、语气，还有手势，都像。打井队我有印象，驻扎在镇街东头的一块高地上，我经常跟着大孩子——可能其中就有我姐——去那儿看电视。打井队里的人个个都像从广播里走出来的，讲普通话，慢声细语的。听大人说，我们这儿发现了油田。没想到，打井队突然撤走了，似乎一夜之间，塔没了，那些一模一样的小房子也没了。有人说，一个年轻人搞大了谁谁家姑娘的肚子，被赶走了。也有人说，油田太小，没有开发的价值。

咱俩还住西屋，我姐说，你不会赶我走吧？

说啥呢，姐。我在后面说。

反正不能再跟李得运过。

小莉呢？我问，小莉咋办？

小莉有她爹——她爹还能亏待她？

你回来看她没？

我姐没吭声。过了一会儿，她吹起了口哨，吹得高高低低断断续续，但还是能听出来，是刚才河里男孩们唱的那首歌：梅兰梅兰我爱你，你像兰花的着人迷，你像梅花的年年绿……

晚上，我姐又在地上支起蚊帐。她说她喜欢睡地上，凉快。床头有一个牛皮纸封面的小本子，应该是我姐的。我翻开，里面抄了好多歌词，《迟到》《成功的路不止一条》《我一见你就笑》《告诉我》《女儿情》，还有《梅兰梅兰我爱你》。我姐是文艺青年，用现在的话说。她还喜欢听戏，不管多远的地方，只要有唱戏的，知道了都要去。久了，也会哼几句，"辕门外三声炮……"小本子的功能很多，里面还有某日的花销，有几页甚至还是日记。我们去电影院看电影，《爱情故事》，看完我哭了，他也哭了；我找到一条进公园的小路，不用买门票……我姐上学少，字写得像锄头划的。

我睡不着，出了汗就想挪一下身子，身下的箔跟着吱吱呀呀地响。还不睡？我姐在地上问。

姐，你以后咋弄？

她说反正我不能再跟李得运了，你不知道……

我在床上一动也不动，等着她说我不知道的事儿。但她顿了一下，又岔到了一边。咱爹也真是，不吭不嗯就让媒人去探那边的口气，李得运他们还以为我想回去哩。

他们咋说？我问。

狗嘴里能吐出象牙？我姐翻了个身，像是面对着我了。李得运的爹老倔驴，说我是半门子，跟咱妈一个货色。咱爹气得在床上躺了三天，还是想让我回去。我不回去。打死我也不回去。是个男人都比他李得运强……

他打你？我怯怯地问，报纸杂志上老说男人喜欢打老婆。

他要是中，打我我也认。

那咋弄呢？我心里叹了口气，卷毛不要她了，李得运那儿她又不愿意低头，总不能老这样啊。

咋弄，离婚。

我问，不正合他们的意？

合是合，我姐说，他们还想让咱爹退彩礼。

我说退就退呗。

他咋恁排场啊？我姐又在地上翻了个身，我猜这会儿她应该是背对着我了。

……

高考分数下来，钟山过了大专线，我过了中专线。他好像有了底气，和另一个同学骑车找上门来。那个同学眼睛极小，像一根线。见到我姐时，是我见到他眼睛睁得最大的一次。钟山问我，你姐比你大几岁？我沉着脸说，八岁。小眼当了真，八岁？我知道他们的潜台词，不相信我比我姐小恁多。钟山换了话题，早想来看淮河。淮河有啥看头？我装傻，陪他们去河边玩了一下午。

吃罢饭，天刚黑定，我姐的媒人就带着李得运的舅过来了，说是商量我姐跟李得运的事儿。我想让钟山他们知道我姐结了婚，刚刚跟另一个男人私奔回来，又怕他们因此怀疑我也有同样的基因。我自己的姐，不是同一个爹，到底还是同一个妈啊。越想越受打击，搬了椅子，带他们去东屋山头纳凉。

我问小眼报的啥学校，他说省供销学校。供销好，我说，你看供销社的人多神气。

钟山报的是省财税专科学校，都比我报的农校强，人家好歹都在郑州，农校连地区都没出。我的抱怨太反常，志愿是志愿，录取变数大着哩，他们都吃惊地看着我。

你问问李得运那个孬种……我姐的声音太大了，一字不落地钻进我的耳朵。我一个黄花大闺女，白白陪他睡了几年？！

我的脸肯定红得烫人，好在天黑他们都看不见。我把钟山带来的收音机的音量拧大，"只愿天长地久，与我意中人儿紧相随……"音乐停，主持人接着报下一曲，我姐的声音又趁空飘过来，"……他不怕丢人，我也不怕丢人，你们回去跟李得运说，明儿个我就去大路上吆喝他，吆喝他那儿跟豇豆一样，看以后哪个女人还找他……"

我不明白我姐的意思，直到读农校。但我相信，那两个男生应该知道。后来我没嫁给钟山，包括很少参加高中的同学会，都跟这个有关。一想到钟山他们都听到了我姐那天说过的话，我就恨不得在地上找个洞钻进去躲起来。

1992 年

我上师专（我被师专降分录取）的第二年，我姐来找我。我把跟着她的男人安排到男生寝室，我姐跟我睡。那是秋末，还不冷，我们到操场散步。草地上坐着三三两两的学生，有几个借着路灯光在篮球场打球。我们晃到没人的地方，停下来。地上映了两个影子，一个一小堆，一个像电线杆。我心里陡生自卑——最近几年，见到我姐我常常这样，不由自主。我姐虽然生过孩子，但身材依然笔直，身上该凸的凸该凹的凹，既有少妇的风韵，又不失少女的容颜。我呢，脸灰着，腿粗粗的，胸前还看不到波涛。

那个收粮食的呢？我问。我来上学时，我姐跟一个收粮食的好了。

早散了。

为啥？他条件不是很好吗？连咱爹都说好。那个收粮食的老婆出车祸死了，孩子还没来得及出生。

咱爹哪个不说好？我姐站起来，朝我相反的方向走了两步。没感情。

感情可以培养啊。我这两年看了很多关于爱情关于婚姻的杂志，自认为已经深谙此道。况且，我还是大学生——大学生总比小学生懂得多吧？姐，感情再好没有物质基础也是零。你得实际点。说实话，现在我班里有两个男生喜欢我，有啥用？他们没本事带我去他们县，我也没本事带他们回我们县。要是真谈起来，将来吃亏的还是我们女人，别人会说那谁谁大学跟人家谈过恋爱……

你没跟那个姓钟的？

我不想费劲跟她解释。这个男的是做啥的？

做饭的，我姐说。

厨师还可以，我想，多少会门手艺。在哪儿做？

镇中学的食堂里，你没见过？

中学食堂里的饭菜，那可一点儿技术含量都没有。姐，你可得慎重，别见一个就……我刹住车想了一下，就交朋友。

我知道。不交不试，咋知道中不中呢？

我一时无言以对。

第二年春，我姐写信让我回去，她结婚，让我一定请假回去。来接亲的是辆小货车，车厢半封闭，后开门。我姐应该是我们王畈第一个坐小车结婚的新娘。爹怕人家说他这个后爹的闲话,找了辆手扶拖拉机送亲。陪嫁的有个组合柜,两床被子,还有暖水瓶之类的小东西。我姐上车之前,爹流眼泪了。爹不是舍不得,他是高兴的,我姐终于又出门了——我姐嫁给李得运时爹都没这么高兴过。

姐夫叫汪普,不是那个厨师。汪普年龄比我姐还小一岁,老婆病死了,撇下一个儿子。他住在路边,三间平房,满砖到顶。院子东头还有两间,一间厨房一间小卖部。爹说得对,汪普条件不错,我姐能找到他算是烧了高香。

暑假,我姐生了可可。我去送满月礼,我姐留我在她那儿住了两天,帮她抱抱可可,做做饭。汪普那儿比王畈早通了十年电,有电扇,又有电视,住两天就住两天。

第二天,姐夫去城里进货去,家里就我们姐儿俩。中午正热,电扇的风都是热的。天上的云和外面的树像是画里的风景,一动不动。知了倒是不怕热,可着嗓门叫。我姐哄可可睡下,也来小卖部看电视。小卖部是偏房,墙砌得薄,房子又矮,更热。电视正演《外来妹》,我们都被深圳的高楼、旖旎的灯光甚至那些港味普通话吸引,没觉得热。集与集之间好多广告,农药的,农机的,种子的……我姐说,深圳不像咱们这里的啊。我说那是中国的经济特区,发展快。她问,去哪儿找那么难看的演员啊?我笑,化妆师可以把人化漂亮,也能把人化难看。

两个小孩来买冰糕,在冰柜里拨拉许久才走。《外来妹》还没开始,电视还在播广告。我姐盯着屏幕上绿油油的花生地问,定好日子没?

基本定了,国庆节。我癔症了一下才意识到她是问我的婚期。我毕业那年,县城高中缺英语教师,我留在了城里。余卫国本科毕业第二年分到我们学校,教数学。那一年教师节,一年级老师在一起聚餐,有人喝多了起哄,说余卫国跟王小莲都单身,多配啊。第二天余卫国真来找我了……爹有一次来学校,见到余卫国,临走说他腰长得不好。其实,余卫国的腰并不多罗锅,只是从小养成了含胸的不良习惯。又过了几年我才意识到,爹跟天下所有的父母一样,觉得谁都配不上自己的儿女。

我姐呀了一声,国庆节你们城里放假,农村可正忙,又收又种的,都赶一块了。

我笑,结婚也是收,收一个人过来陪我们。

我姐没听明白,我也没解释。

莲,她上前去调电视的声音,你们,试过没?

啥?不是没听清,是不相信她这么问。

她仍背对着我,电视声音低了许多。你们没试过?

我脸红了,我明白我姐的意思,她的意思是可别找个那儿跟豇豆一样的男人。我姐也真说得出口,那事儿怎么能试呢?我可没那么傻,试了不算了吃亏的还不是我?我跟余卫国不用试,更没必要担心,我在杂志上早了解过这方面的知识。况且,余卫国不小,我能看出来。我们各有一间学校分的宿舍,经常一起搭伙做饭,有时候在他那里,有时在我这里。我以前没谈过恋爱,以为接吻抚摸都是其中的程序,甚至连身体都让他看了,但最后那一关,我一直坚守着,没让他突破。我怕他腻烦了,又把我甩了。

电视剧及时开始,我姐又坐回到凉床上。

烦人,片头又掐了。我姐抱怨。

我也想听那个"年复一年"的悠扬声音,电视台转播的时候为省时间,都略了片头。

一辈子的事,还是试试好。我姐又说。

我装着看电视,没有接话,我不习惯跟人谈论性,尤其是亲近的人。

1997 年

余卫国木讷,话少,典型的理工男。床上也一样,闷着头使劲,使完劲下来倒头就睡。睡不着的时候,我会想到钟山,想高考结束那天他站在女生宿舍门前那棵合欢树下等我的样子,还有暑假在王畈他趁黑拉我手的忐忑……我也幻想过钟山来找我,把我逼到墙角"忽"我,问我当初为什么甩了他。我真傻,竟然因为我姐说过的几句话而放弃了自己喜欢的男生。钟山毕业分到财政局,我们同在一个县城,我只见过他一次,还是在市里——我们都去参加本科自学考试。也好,年轻时的意中人,要么永远不见,要么留在身边。

余卫国的勤奋不见成效,我的肚子一直没见动静。他有点急,一上床手就朝下面摸,略过我年轻的身体,仿佛授课时没有引子,开门见山。第三年,我也急了,去医院检查,人家说一切正常。

我终于怀上多多那年,我姐也搬进了城。小卖部交给爹了,她和汪普出去收猪,挣了一些钱,想在镇上买房子。我听说了,游说他们进城,将来孩子上学方便,姐妹俩近了也好有个照应。

那两年,县城跟疯了一样,一条街隔不几步就有一个洗头城。多多过百天的第二天我才知道这些,因为汪普。我姐那天像往常一样过来帮我照顾多多——她有经验。因为香港回归,客厅的电视整整一天都开着,我们不时瞟一眼回归的庆典。吃罢晚饭，汪普打来电话，我说我姐刚回去，汪普说让余卫国接电话。余卫国晚自习有辅导，去学校了。汪普问，你能来一下不？我说去哪儿啊，这么晚了。他说派出所，带5000块钱过来。别跟你姐说，千万。

我根本没想到他嫖娼，还以为喝酒打架或赌博之类的事，怕我姐骂他。我手里钱不够，还从我姐那儿借了3000——她做生意，手里活钱多。到了派出所，迎面碰到一个学生的父亲，好像是个副所长。我说我姐夫在你们这儿，我来送钱。副所长说你姐夫啊，怎么不早说？我心想，我哪知道他出事啊。副所长拍拍脑门，怎么办啊，已经做过笔录了，处罚单也下了。我问到底什么事啊，副所长带我进了他的办公室，说是有人举报他跟小姐，被我们抓了现行。我不知道"跟小姐"是什么意思，副所长只好直说，嫖娼。嫖娼？我不相信，汪普人多老实啊。副所长说，这跟老实不老实没关系。他跟那个小姐不是第一次，这次人家找他讨要上次欠下的钱，他不想给，说这回给现钱，不欠账。小姐气不过，暗里给我们打了电话……我脸红得烫人，自己都能感觉到。

回到家，思来想去，我还是放不下——其实我姐每天上午都来我家，帮我看多多——电话打过去，问她睡没，她说刚躺下。我犹豫了一下，说你过来吧，我怕多多醒了找不到我。挂电话之前，我听她嘟囔说，这么晚了，啥事恁急啊？我安慰自己，我们是姐妹，我不能站在汪普那边。

本来我想，我姐要是很难过的话，我就不往深处说了。但她很平静，眼睛虚着。我不甘心，才说警察跟我解释是小姐举报，因为他欠了人家小姐一次钱。

我姐果然受到刺激，眼睛看向外面的黑暗。门在她身后发出慢吞吞、持续的吱扭声，相当刺耳。我后悔了，她可是我姐啊，我怎么能这么狠呢？！

第二天她来我家，第一句话就问，那个小姐，长啥样？

我怔在那儿，我哪见过啊。

我姐抱着多多在屋里来来回回地走，哄他睡。我要替她一会儿，她说不用。我给你讲个事，真事。

嗯。

我在信阳的房东，也姓汪，女的，三十露头，小学代课教师。人长得有鼻子有眼的，可好看了。她男人犯罪坐了牢。你猜啥罪？你肯定猜不着，杀人！男人考上大学成了医生，跟一个护士好，想杀了汪老师——当然没杀死。汪老师好好的，突然病了——这都是人家讲给我的——病得很厉害，快不行了那种。也怀疑她男人搞鬼，就是没抓到把柄。还是男人的一个同学跟公安报告说，上学时老师讲过一个案子，说是朝女人下边塞啥啥药，女人慢慢就会中毒死掉。一查，还真是。汪老师被救过来后，却死活不愿改嫁，还要等男人出来，她不信男人真想杀她……

傻，我说，死也不亏。

你说，汪老师那，算不算爱情？

爱情？那不叫爱情，只能说……我一时找不到合适的词。只能说，她愚蠢。

多多睡了，我姐把他放到床上。出来突然问，莲，要是你，该咋办？

我喜欢我姐这样的语气，很谦卑，像是在说，你比我懂得多，我听你的。可她接下来的补充，又让我来了气。要是余卫国，你咋办？

我压着气,男人啊,都一样,都是兽性动物,畜生类的……

我姐冷笑,表示赞同。女人呢?

女人重情,我说,男人重那……姐夫也不会真想跟别人,只是图一时之快。

你的意思是,原谅他这一次?

我心想,不原谅他你讲那个杀人的男人干啥?女人,尤其像我姐这样年龄的女人,还有什么资本?但我没说出来,我相信她比我清楚。

我姐那天比平常回去得早。多多睡了,我自己坐在沙发里,还在想她刚才的话,要是我,该咋办?要是余卫国嫖娼,我该咋办?

这种假设不是不可能。自从我怀孕,跟余卫国亲热就少了——生了多多,我们甚至分房了。我半夜要起来喂多多,免不了吵醒余卫国。一连几天,他就挪到书房了。我理解,余卫国第二天还得上课,睡不好,怎么上?他比汪普小不了十岁,正是如狼似虎的年龄,一年没有性,怎么解决?余卫国不会跟我讨论这个,我们从来没交流过这方面的事,不知道他怎么想的。唉,我发现,我其实对男人并不了解,杂志上好多说法都没有依据。比如它们说的要死要活的高潮,我其实一次都没有过,余卫国好像也没有。最初可以解释为缺少经验,后来又为生孩子——我们在床上似乎就是为了受精,哪有什么乐趣?说不定余卫国跟汪普一样,也找过小姐。他在城里同学多,即使被抓,送钱的人也多,我不会知道。

汪普不知道那个副所长都跟我说了,他给我姐的解释是,他那天陪客户,客户要找小姐,他要是不找,就有出卖客户的嫌疑——客户不能得罪,汪普从他那儿揽到一幢小楼的建筑合同。我姐当即揭露他,前一次呢,也是陪客户?汪普啊汪普,你再有钱也就是一个土老鳖,连嫖娼都要跟人家讲价!

不知道我姐是想通了还是不想再折腾,她似乎原谅了他。不,更确切地说,她像是认了命,一个女人应该认的命。好长一段时间,她都没在我面前提过这事。有次我们看电视剧,女主角一生坎坷,为一个又一个男人伤心,我叹了口气,天下女人都一样,一辈子只瞄着男人,找到一个合适的男人,就啥也不想了,日子多寒碜都认了。男人就不一样,男人不光瞄着自己的女人,还瞄着别的女人,瞄着钱,还有他的事业……

谁也没想到我姐会离婚,包括汪普。很久之后我才听汪普说,我姐始终放不下,拒绝跟他同床,还找了那个小姐,把人家打了一顿。他以为过个一年半载那事就算过去了,没想到我姐找了个律师。

我劝过她,别犯傻,可可怎么办?离婚对孩子影响最大。

我姐问我,我们别别扭扭过一辈子就不影响她?

我无言以对。

该来的,早晚要来。我姐又说。

不能原谅他一次?

他又不是第一次!这样的事,有第一次就会有第二次,第三次……

汪普搬走的时候,天阴沉沉的。他找了一辆红色面包车,里面塞满了衣服、被子,一张席梦思床垫放在车顶上,用绳子揽着。刚要走,雨滴稀稀拉拉地砸到地上。等了一会儿,等来乱云飞渡,雨没停,反倒越来越稠。汪普心疼地解了绳子,床垫又重新抬回屋。我姐不领情,在后面追着骂,不是喜欢大胸女人吗?去找吧,累死你也没人管了!

2003 年

我们每年都回余卫国老家过年。他大学还没毕业他爹就死了，食道癌。婆婆最初跟着余卫国的弟弟，但婆媳处不好，又分开了。说是分开，其实还住一起，弟弟弟媳长年在外打工，撇下两个孩子婆婆得管。那个春节又干又冷，老不下雪，我在屋里坐不住，经常在村里转悠，瞅人多的地方听人家说话。回去发现余卫国他们鬼鬼祟祟的，好像有什么事躲着我。我也不想打听，乐得清闲。余卫国侄女小，不知道设防，说她爸回来打了木腿一顿。我知道木腿，五保户，年轻时被汽车轧断了一条腿。侄女还说，我爸不让他来找我奶。怪不得婆婆不高兴。我算了算，婆婆应该四十六岁，不超过四十七。

从乡下回去，我去看爹。我姐跟汪普离婚后爹就搬进了我姐家，接送可可上学，帮我照护多多。我姐那会儿不在家，可可在看电视。爹将我拉进卧室，你得劝劝你姐，眼镜（爹记不住马新远的名字）是城里人，还当过乡长，人家要是年轻，看都不会看你姐一眼。爹，我纠正你一下，一，马新远不是乡长，是副乡长。二，他都快退休了。

啥副的正的，反正都是乡长，你姐可都走了两道了。爹说。

啥两道三道？爹话糙，又狠，说出来打人。不一样，正的副的差别大着哩。

爹自顾自地说，乡长她都看不上，她想找个啥样的？今儿个一个明儿个一个，也不怕人家说……

她没结婚，跟谁都正当。我打断他。

爹瘪了瘪嘴，还想说什么，我截住他，单身男女交朋友，法律保护。

我要是跟他一起埋怨我姐,他更理直气壮,话更难听。

马新远其实还算年轻,刚刚退居二线。他们是在麻将桌上认识的。马新远一儿一女,都在外地,老婆两年前得肝癌死了。县城一套房子,一百多平方米。按说找一个三十岁左右的都容易。但他相中了我姐,说年轻的过不长。再过几年,我没力气了,她能守得住?

我跟爹其实一个立场,一个快四十岁的女人,有什么资格挑?我以为我姐犹豫是因为马新远一脸的哭丧相,她曾经说,老马搁农村,恐怕连女人都找不到。我姐来送多多时,我劝她和马新远定下来,趁她还不算太老。咱爹老说你……

说我啥,不少他吃不少他穿的?

不是说这……

说啥?丢他的人了?哦,不管啥样的,逮着一个结婚他就满意了?我要是过得不好,谁管?

咱爹主要是嫌你换得太勤,怕人家说闲话。

人家?他不说就好了。走到门口,她又折回来。莲,你说,不交往,我咋知道中不中?脾气、口味、喜好,光听人家说,能中?

我明白,我说。家里不是有小孩吗,小莉大了,可可也大了,你这样挑挑拣拣,他们会咋想?

我姐没再辩。人都这样,啥都可以不顾忌,唯独顾忌孩子。

我趁机又说,太多了,人家都说你……

我姐哼了一声。哦,我像咱爹那样,咱妈死了当个寡汉条子就没人说了?我不挑不拣,随随便便找个男人嫁过去就没人说了?

……

我比谁都专心。跟卷毛的时候,我回去就跟李得运说了,后来再也没跟他同过床。包括跟汪普,我敢发誓我没跟另外的男人睡过。

嗯,我知道。男人在外花天酒地,没人说,反而说他们有本事。咱们女人就不一样,得注意这注意那。唾沫星子压死人。

谁想咋说谁咋说,我问心无愧。

定下来吧,姐。我声音低了八度,马新远能当副乡长,不会多差了。

我姐走后,我的脸还红着。我心里有愧。真的。以前我觉得我姐没文化,傻。其实傻的不是她,是我。她劝我结婚之前先试试,我还觉得很可笑,现在的青年男女不都这样了?我姐不是滥情,她其实比我传统,比我专一。我出过轨,婚内——当然是婚内,我这辈子恐怕也狠不下心离婚。

那个男人不是钟山。钟山后来真来找过我一次,千禧年元旦那天。他带了一箱健力宝,一箱火腿肠。还有那个小眼,他分到县供销社,承包了商场的一个鞋柜,成老板了,钟山介绍说。

两个人都能喝,余卫国根本不是他们的对手。家里没酒了,我出去又买了一瓶。钟山笑,就买一瓶?我说都是同学,意思意思就中了,都别喝醉了。小眼有了酒意,说起了那年去王畈看我的事儿。我看看余卫国,他满脸通红,不明所以。我心一横,想把小眼撂倒,堵住他的嘴。一瓶酒倒了三杯,钟山一杯,小眼一杯,我一杯。一起干了!

我竟然没醉,小眼坐在那儿,看不出是睡着了还是在看电视,眼睛只剩一条针样的缝。送他们出门后,钟山握住我的手,一直到坐上三轮车。

春节后,钟山就当上了副局长,我后来再见他,主要在本地电视新闻上。

我出轨的对象是个网友,我们是在新浪聊天室认识的。我心情不好的时候喜欢去两个地方,一是医院,二是网络聊天室。去医院免不了看到死亡与痛苦,生活中的小灾小难就显得轻如鸿毛了。聊天室呢,是垃圾场,抱怨、宣泄都可以扔到那里,反正又没有人认识你。我喜欢聊天室,今天你叫黎明,明天可以换个名字刘德华,不像QQ,改名会留下痕迹。我的网名是随机的,我自己都记不住,有字母,有数字,还有符号。第三次见黎明这个名字时,我有点好奇,跟他开了私窗。黎明是真名,一开始我还以为他是故意借了人家歌星的名字。用真名聊天,网上叫裸奔。黎明说他不怕,他又不做坏事。我开始不相信——鬼才相信网络上有真名真姓。还真出了鬼,后来见面的时候,我看他的身份证真是黎明。

我在聊天室里说的大多是真话,比如身份,比如跟老公一个月也不做一次,比如我姐比我漂亮,我心里偶尔会不平衡,比如我姐离婚后丰了胸……我偶尔也有说假话的时候,比如我是具体哪科的教师,比如孝敬——我甚至不太喜欢我妈我爹,他们自私,说话也粗,我一直在努力去除他们留在我身上的印迹。

我们在网上说了好多疯话,爱啊,性啊,反正隔着上千公里。后来我们转到QQ里,他要来见我——这就是网恋了。我很激动,好像跟余卫国我从来没有这样激动过。也很紧张,见了面会怎么样?他会嫌弃我130斤的身体吗?

黎明是夜里到我们县城的。第二天我去见他时,他说为了早点见到我，下了火车包了辆小车，连夜赶过来。他住在世纪酒店的顶层，县城最高的地方。他没有歌星黎明高，当然也不可能像人家那样帅。我坚持要看他的身份证，不是因为怕受骗——事后我分析自己，可能是这个名字给我带来了好奇，我不相信他真叫黎明。

整个过程我都很紧张，怕像汪普一样被人家抓了现行。还有，偷情的心虚。没有传说中的高潮，甚至有点被强迫的痛苦。完事后，我借口下午有课，要走，黎明说晚上等我。我没有当场拒绝，怕他强硬地控制我，不让我走。

从黑暗的房间里走出来，阳光灿烂，我一时有些恍惚，以为是电影里的画面。三轮车夫过来揽客，我摆摆手。又过来一个，我说我有自行车。回去的路上，像看默片，旁边的小商小贩都静了音，只见他们动，听不到他们叫卖。

心虚了好多天。第三天，竟然跟余卫国吵了一架。他气得摔门而出，我追上去，顺手将他的毛衣扔到他背上。离婚，你要是个男人就离婚！爹正好接多多放学回来。多多上去捡了毛衣，怯怯地仰脸看我，妈，爸爸的衣服我洗。

爹没说什么，他木着脸比啥话都让人难受。他坐在沙发里，不说话，也不看我。想到我姐离婚时他骂过我姐的那些话，我不寒而栗。他一直怕我离婚，怕我走我姐的老路，经常旁敲侧击。生了多多我开始上班，爹来帮我带多多。见我跟余卫国不太说话，他暗中着急，老拿我姐说事，说他不敢回家，怕人家戳他的脊梁骨，坐客车怕，走路上也怕。我装傻，偶尔顺他的话也说我姐两句。爹愈发有精神，说他四十多岁就成了寡汉条子，不也过来了。爹不知道，我和余卫国关系疏离的原因不光是话少——我不问，他不答——性也少。我对那方面的需求并不多，但杂志上都说，三十多岁的男女正当年，一星期至少得两次。我跟余卫国呢，一个月也没有两次。我相信余卫国没有出轨，他对性的兴趣也不大。这个世界上，恐怕能让他感兴趣的东西不多。我们之所以凑合了这么多年，是因为我想得太多，孩子，老人，学校同事……当然，爹的功劳最大，一想到他因为我离婚就会板起来的脸，我就不忍。

之后我再也没有见过黎明，那个QQ也丢了。

我姐最终搬到了马新远的房子里。她说让她下决心的不是马新远的身份，也不是他的房子工资，而是去哪儿他都牵着她的手。我知道我姐这是受了那个信阳汪老师的影响。她后来又去见过汪老师，那个男人出来了，汪老师去接的。护士出来得更早，人家很快就结婚了。男人进了家私立医院，汪老师和他出来进去都手拉着手，比年轻人还腻。我姐跟我讲的时候，脸上的艳羡藏不住。马新远牵了她的手，就等于牵走了她的心。

没办婚礼，马新远原计划年后天好了带我姐去云南丽江度蜜月，因为SARS，哪儿也没去成。

2010年

可可大学考到重庆，我姐想让她自己去。马新远说，太小，还是得送。我姐说，还小？搁我们王畈，她这个年龄都结婚了。马新远说王畈是王畈，现在不是城里嘛。城里都送。我姐说，城里小孩都被你们金贵坏了。我说女孩子，不同男孩，还是得送，安全。

我姐去送的。走的时候她带上了我的一本书，《优雅女人的十二个细节》。马新远笑她，你还有心看书？重庆麻将摊多，可以抽空玩一把。我姐也笑，玩一把也比你跳舞强，我们打麻将谁也不摸谁的手。马新远说那不一定，搓麻将的时候，搞不好就碰到谁的手了……我真羡慕他们，我跟余卫国从来就没讲过这么有意思的闲话。

我姐走第三天，马新远正在我们家吃午饭，突然出溜到地上，口水流得到处都是。余卫国上去要把他弄到沙发上，我没让，英语课本上有急救这一课，我怕挪动会加重他的病情。

120很快赶到，医生说这是典型的中风症状。

我姐第二天就赶了回来。她在医院里一夜没睡，第二天中午等马长红从青岛回来她才回家睡了一觉。马长江在上海，暂时回不来，说是提拔了，正在公示期。

爹在屋里唉声叹气，倒咋弄哟，你姐刚过上几年好日子又弄了个这。

我姐从厨房出来，怪他操心多。你好好过你的，学城里人早晚多出去遛几圈，把身体搞好，别让我们操心就好了。我们都年轻，啥样的日子顶不过去？

我说我从网上查了一下，偏瘫最轻的是生活能自理，但走路难。最重的是……

我知道，我姐说，医生昨儿个都跟我说了。

听小莲说，爹怯怯的，你们没打结婚证？

啥意思？我姐站在那儿，看看爹，又看看我。你们啥意思？

我们都不吭声。明摆着的道理。

咋现在问起这个了？我姐问。

没打结婚证你们就不是夫妻。爹没听懂我姐的责怪，还以为她真是在问我们。

啊?我跟李得运也没打,小莉都结婚了,谁敢说我们没做过夫妻?你跟我妈打过结婚证吗?不也没打,不也过了一辈子?你们那一拨的人,有多少打过结婚证?

爹答不上来。

那张纸是公家用的,咱老百姓还非得要那个形式?

出门之前,她又说,我明白你们的意思,我还是那句话,那张纸是让人家看的,我跟老马可是真夫妻。

马新远还算幸运,是轻瘫。出院头一天,马长江也回来了。

晚上吃饭,一大桌人。马长江端了一杯酒,站起来,先敬我姐,又敬我跟余卫国,说你们照顾老爷子辛苦了,我跟我姐表示感谢!我们姐弟俩昨晚商量过了,我们都忙,只能轮换着照顾老爷子……

等等等等,我姐打断他,你们商量好了?你们当我是谁?

马长江怔在那儿。

马长红也吃惊地看着我姐。

这么多年,你们没叫过我一声妈也就算了,我看得开,你们才回来几次?只要老马认我就中。现在他病了,还不是啥大病,你们就自己商量了。商量的啥,能跟我这个后妈说说不?

马长红站起来,王姨……对不起,应该叫您妈。妈,您别见怪。实话实说吧,我们想着您和我爸没有结婚,只是搭伙过日子。眼下我爸这样了,不能拖累了您……

说的啥话!我姐说,前儿个我就跟我爹说过,那张纸是给你们公家人看的,我们要那做啥?我倒是想听听,你们咋商量的。

两个方案,马长江说。一是爸还留在家里,我们出钱请保姆。二是爸跟着我们,半年一轮,半年跟我,半年跟我姐——

我们姐弟离得太远,一月一轮太麻烦……

王姨……对不起,妈,马长红说,您要是乐意,您可以跟爸一起住到我们家。

我哪儿也不去,我姐说,老马哪儿也不去。

马长江激动了,不去更好,我们姐弟俩出钱请个保姆。

我姐说,老马又不是不会动的小毛孩,要啥保姆?!

不请也中,随您,马长红说。妈,费用我们姐弟俩平摊。

嘴里叫着妈还要给妈保姆费。我姐笑了,你们先把这八年的保姆费给我算算,看得多少钱。

我姐倒了一杯啤酒,跟他们姐弟俩碰了一下,老马有退休工资,够我们花的了。

妈,马长江也改口了,谢谢您!

看,还说谢,见外了吧?

……

我姐拉着马新远的手训练他学走路。两个月以后,他虽然还是拖着一条腿在地上,但划出来的弧线短多了,走路也稳健多了,速度也快了。年底,马长红嫌老家冷,特意提前回来,带我姐和马新远去上海马长江那儿过年,顺便到大医院复查。我姐电话里笑吟吟的,说医生说老马恢复得比一般患者快。大城市的条件就是好,老马现在在医院做肌力训练,要不了多久,就能跟先前一样了。

我姐说完,我说我也有事跟你汇报。她问好事还是坏事,坏事就别说了,等她回去。我犹豫再三,坏事也得说,不说等她回来埋怨?小莉找了个对象。我姐说好啊,好事,怪不得不愿跟我来上海。又问他们交往多长时间了,这丫头咋不跟我说?我说可能是没正式确定,不愿跟大人说。我姐说,也不能连自己爹娘都不愿说啊。我说你得回来一趟,我姐问,她找对象我回去干吗?也帮不上她。老马还得半个月,等这一轮训练结束就回。

找对象很正常,小莉又不是中学生,都二十八岁了。但对象是个理发师——理发师按说也正常,理发师也要恋爱结婚啊,但小莉是个大学生,是国家正式教师,跟一个理发师就有点不太正常了。这也是我迟迟不敢跟我姐说的理由之一。

小莉跟我亲,有什么事都愿意跟我说。当年她没考上高中,我姐和李得运都让她跟人去南方打工,火车票都订好了。我听说了,直接跑到李得运家,把她接到城里。小莉在我们学校借读——头一年没考上,复读考上了师专,我的母校。她是师专最后一届毕业生,第二年师专就升本了。毕业后考到乡中学,一直没听说她跟哪个男生有过交往,直到去年,我一个学生,小莉的同事,无意中提到她,说小莉的男朋友在学校对面理发。我打电话核实,小莉似乎还很羞涩,说基本上算定下了。我问男方是哪里人,小莉说是城里的。怎么到了乡下?小莉说他想和我在一起,就把县城的店搬到了学校对面。

我姐不像我,一点儿也不惊讶。一辈子就这么长,她高兴就好。

我说,我们做家长的,得为孩子的幸福着想。

她嫁给理发师就不幸福?我姐说,他们在一起幸不幸福,我们说了不算。

总得差不多吧?

莲,你跟卫国差不多吧?我姐清楚我跟余卫国的婚姻,人前人后,我都是假装幸福。

李得运跟我姐的态度截然不同。他之后又娶了一个,生了两个儿子,就小莉这一个闺女,自然疼爱。他知道的时候正收麦,停了自己的收割机,连夜赶到小莉在学校的宿舍,不分青红皂白,先将理发师打了一顿,将他的衣服、鞋都扔了出去。小莉气得说不出话。

暑假,李得运来看小莉,再次表明态度,他不同意。小莉按我姐的安排说她怀孕了,李得运说怀孕可以打掉。小莉说她不打胎。李得运急了,不打可以,我以后就当没你这个闺女了。小莉满脸泪水,还是不妥协。我姐也在旁边声援。李得运站起来,指着她们母女,有啥样的娘就有啥样的闺女,真是不假。我姐推他出去,滚滚滚!我看没有你这个爹孩子还过得滋润些。

2016 年

我们县的县长被查,上了新闻。窝案,牵涉到好几个局长,钟山也是其中之一——他那时已是财政局长。余卫国从来没有对政治这么热情过,到处抨击腐败,说一个小局长,家里竟然搜出了几百万现金——后来证实,是以讹传讹。我心里冷笑,余卫国也就这点能耐,攒了十多年的醋劲儿终于有了用武之地。

马新远也是那一年死的。头一年我姐还带他长途旅行了一次。除了走路稍微有点慢,马新远已经恢复得跟一般人差不多了。他们去了重庆、三峡、张家界、凤凰,还有芙蓉镇,走走停停,玩了十几天。那也是我姐第一次出去旅游。

那天晚上我们都在我姐家,小莉和她儿子也在。小莉后来考进城里的私立学校,他们的理发店重新搬进城里,名字就叫小莉美发。现在小莉要离婚,她说她受不了理发师老是在孩子面前抽烟,受不了他不洗手就吃饭……那天我们的聚会就是因为这个。

马新远说,同在一个锅里吃饭,哪有锅盖不碰碗勺的?鸡毛蒜皮的小事,不能太较真。

天上下雨地下流,两口子打架不记仇。我姐也附和。

我笑,觉得我姐又不像她了。

你笑啥?我姐问我。

我说没事。当初我就劝过你,你们受教育程度不一样……

这跟教育没关系,我姐护着小莉。跟当初也没关系。当初他们好,结婚我赞成,现在他们不好要离婚,我也赞成。

我感受不到他对我的爱了,小莉说。

这话有点像当年我姐问我的话。哪有那么多的爱啊?我说两口子过一辈子,到最后还不是亲情?

马新远也说,现在哪有什么纯粹的爱情啊?都是建立在共同的物质基础上。门当户对,不是说了几千年吗?

也有例外,余卫国反对,姐跟你就很纯粹。王小莲在家里老说,姐的每一段感情都很纯粹。

我拿眼瞪余卫国,在马新远面前提什么我姐的每一段感情,不怕刺激他?

赶紧回去吧,我姐赶小莉,孩子瞌睡了。

小莉低着头,不愿起身。他跟一个女的勾搭上了。

这才是重点,我想。

我姐看着她,你看到了?

我看他的微信了——有天晚上他喝多了,我用他的手指解了锁。是他的一个客户。

我姐抱过她怀里的孩子,小莉,这是你们俩的事,离不离完全在你。你要是心里不在意,可以不离。要是在意,就离。

离不离,我都支持你。

小莉要回去,她说早晚都要面对的。

我们又说了一会儿闲话,余卫国也回去了,带着多多。马新远也站起来,朝卧室里走,你们聊你们聊,林丹的比赛马上就要开始了。

马新远其实不多喜欢羽毛球,但奥运会还是有看头的,他说。他整日无所事事,又不喜欢看电视剧——电视剧情节都经不起推敲——只有体育比赛,无论什么项目,都看得津津有味。

屋里只剩下我们姐妹。

我姐从冰箱里拿出一个盒子。面膜,小莉孝敬你的,说你黄皮寡脸的,看着……

看着老?我一脸的不在乎,其实心里很不是滋味。

比我还老,小莉说。你也不知道做做护理。

我站起来去照镜子。果然,镜子里是一个老妇人的脸,没有光,更不见血色。

我姐也跟过来,镜子里映出两张脸。我说贴也没用,遮不住老相。你那是爱情滋润的。

我姐哼一声,回到沙发里。她把客厅的电视调到体育台,咱看看老马看啥。运动员刚进场,正跟裁判握手。

中央一台也在放比赛。

我说打个球,有啥看头。

再调,一个脸上长满胡子的俄罗斯男人在唱歌。俄罗斯人唱歌像跟自己喜欢的人说话,我姐说,声音低低的,听得人脸红心跳。

我细听了一会儿,还真是,像一对情人低语,温婉,缠绵,又不失热情。

上来一个主持人，叽里咕噜地说笑着，我姐又调到江西台，一个女的戴着墨镜——像是一个调解类节目。

不用管她，让她自己拿主意。我姐又跳回到小莉身上。

她小，有时候大人得帮她分析一下。

都三十多快四十的人了，还小？

她经历得少。

莲，你知道情感专家是咋来的不？

电视屏幕上打了一行字幕，某某某，情感专家。

大学里有这门课程不？

我说没听说。

每次看到电视上说谁是情感专家我就奇怪，真的有情感专家？情感专家的情感到底啥样？

可能是专门研究情感的吧。我跟我姐一样，觉得情感专家有点离谱。

你得找个真正的情感专家看看。

为什么？我警惕地问。

你和余卫国不是有问题吗？早喊着要离婚，离到今天都快五十岁了也没见离。多多小时你说等他初中毕业，怕对他打击大。多多初中毕业了，你又要等他高中毕业，说高中对孩子很关键。高中毕业了你又要等他大学毕业，大学毕业估计又要等到他成家，成了家还要等他有孩子……这也顾虑那也担心，好像你一离婚天就要塌下来。你什么时候替你自己想过？天天在小孩眼皮底下吵闹就不怕影响小孩？唉，你们有文化的人啊，就是想得多。去看看情感专家，让他们好好帮你诊断诊断，看看你是不是有问题，看看你跟余卫国是离了好还是不离好……

还真是。我姐这么一说，我还真想让情感专家来给我诊断一下,我想知道他们是建议我与余卫国理智地过完余生呢还是马上离婚。但我嘴上却说,管它哩,我就这样了,破罐子破摔,反正也快一辈子了,想折腾也折腾不动了。

我姐像是突然有了不好的预感,把遥控器塞到我手里,我去看看老马。

马新运得的是心梗,医生说,几分钟就过去了。我后来专门查了那场比赛,林丹对一个俄罗斯的运动员,名字很长,我没记住。是一场小组赛,比赛开始是北京时间 20 点——也不算太晚。我不懂羽毛球,但网上说,那场比赛并不扣人心弦,林丹实力明显比对手强,赢下比赛是十拿九稳的事。结果也是,林丹 2 比 0 获胜,仅耗时 46 分钟。也就是说,马新远进卧室不到一个小时就死了——我姐回忆说,她进去的时候床对面的电视上有个男人的特写,手里正拿着一个羽毛球让人看——那个场面应该是运动员要求换球,争取裁判的同意。

我姐很伤心,我从没见她那么伤心过。葬礼过后好久,她还没走出来,一听人家说马新远就流眼泪。她说,愿意跟她牵手一辈子的人走了。

2018 年

闫永丽给我发微信,元旦回来离婚。

我问余卫国,余三思要离婚?他们结婚还不到四年呢。余卫国说不知道。我给他看闫永丽发来的微信,余卫国赶紧给他侄子打电话。

闫永丽是我教过的学生。有次我去商场,看到她在那儿收银,就介绍给了余卫国的侄子。余三思比她早两届,在深圳打了一年工，碰上村里改选，新旧两班村委互相拉人，余三思有文化，被拉回来做了文书。村委事儿不多，余三思应季与人合伙儿收点粮食，闲了开辆小面包搞出租。闫永丽觉得他还算体面，答应下来。余卫国的娘不同意，说她找算命先生合计了，两个人八字不合。还说闫永丽的姓也不好，门里面一个三，不正好把三思关起来？我哭笑不得，不管了，任他们折腾。不想，余三思迷上她了，非她不娶。婚后第二年闫永丽生了儿子，年底就去深圳打工了。

　　余三思说闫永丽在深圳跟人同居了，有人回来跟他说的。我说不能听风就是雨，余卫国说三思说她自己都坦白了。

　　怎么办？我问。

　　闫永丽听你的，你再劝劝她呗。

　　你侄子什么意思？

　　他不是撑着面子嘛。

　　撑什么面子？他到底怎么说的？

　　他说离就离，他好歹也是个村干部，不能当王八。

　　我笑，他还真把文书当干部了。两个人都要离，我们还瞎掺和什么？

　　余卫国说，不掺和也不能听任他们离啊。

　　你能拦得下？我说，就算他们听我们劝了，你能保证以后能幸福？

　　余卫国看看我，没吭声。

　　我知道你想说什么，咱俩这样不也过一辈子了，是不？我们跟他们不一样，现在的年轻人，谁在乎别人的看法？没人愿意过憋屈日子。最关键的是，闫永丽跟人家同居了，再回来，你侄子心里放得下？你侄子放不下，他们两个能过好？

……

闫永丽想31号过来办手续,说是选年终这一天预示着旧生活的终结,第二天就是新年,新年新生活。我没回她。晚上睡到床上,觉得还是要提醒她一下,反正她铁了心,晚两天不还是得离?30号政府放假,民政部门不上班。

办完手续,闫永丽他们在我家住了一晚。还好,他们没像大多数农村离婚夫妻那样不共戴天。我请他们下馆子,虽说没有祝他们离婚快乐,但气氛倒也祥和。

回来的路上,闫永丽跟我讲,余三思格局太小,当上村支书又如何?年纪轻轻的,不出去见见世面。

我说你们可以一起出去啊,不一定非得离婚啊。

她说我说过他多少次,他虚荣心太强,觉得自己是个干部,出来进去腰板挺得直。随他去吧,我不想过那种有所在的生活……

有所在的生活?我不明白她的意思。

哦,一个法国人的书,名字叫《无所在的生活》。

没有生活地点的生活?

差不多吧。作者把生活分成两种,无所在的生活就是踏出家门不知道明天在哪儿,不知道接下来会发生什么。码头,车站,大街拐角,可能你踩了一个人的脚,一声道歉,就有了一段恋情。

哦,还真第一次听说。有所在的生活呢?

有所在的生活,比如王老师(她没叫过我婶子)您,过的就是有所在的生活,一生都生活在固定场所,家庭,学校,菜市场……

我顿生惭愧。

我不是说您是家庭主妇……

我摆摆手，明白你的意思，不用解释。突然想起我姐，我姐你也见过吧？她过的可是无所在的生活。我姐结过四次婚（我把她跟卷毛私奔那次也算上了），她今年五十四岁，最迟明年，还要结婚。是不是最后一次，她自己也不知道。我语速很快，有点炫耀的色彩。

闫永丽啊了一声，很惊讶，不知道是为了我和我姐的对比还是单纯为了我姐的经历。

我没说实话，我姐那时还没有新男友。不过，我相信很快就会有的，我一直在等这样的消息，我知道她对男人没有绝望，对婚姻也是。有一天她会突然带一个男人出现在我们面前。

一定会的。

凤凰于飞

决定离婚的那天，黄光年在书房里待了一上午。

昨天是他生日。下午，肖美凤微信问他，想吃什么？黄光年没想到她还记得。很多年都没过过生日了，又是三十九岁，也不逢整数。随便。想想不对，这样会伤了肖美凤的心——女人都是敏感的动物——遂又补上几个字，猪排吧。猪肉涨价，家里已经有一阵没买猪排了。晚上回去，儿子已吃过，夜自习去了。还好，肖美凤一直等着他。菜端上桌，不是猪排。猪排快四十了，肖美凤在他对面坐下说，没有羊排划算……

黄光年反复分析过肖美凤的心思，他的生日，他还说过想吃猪排，临了却换成羊排。即便四十块钱一斤，也不至于买不起啊，肖美凤工资四千多，他平均每年都要拿出三万元贴补家用，这些钱在一个小县城应该过得很体面了。他因此得出结论，肖美凤心里已经没有他了——要真是因为猪肉涨价，那海口得有多少对离婚的？前几天朋友圈里有人发截图，海口的黑猪排每斤七十八元。

最近几年，肖美凤很少跟他沟通了，标志性的微笑也不见了，黄光年回去见到的都是一张冷脸，像冬天过了点的饭菜。他问一句，她勉强答一句。到最后，他也懒得问了，即便有事非得商量，也是在微信里。像两个乒乓球，黄光年想，他这边打过去，那边才又打过来。离婚的念头其实下过好几次，第二天起床看到餐桌边淡定的肖美凤，黄光年又动摇了，离了就不结了？再结还不一样？

猪排其实只是个形式，肖美凤连这个形式都不愿走，心里真是没他了。黄光年越想越觉得问题严重，肖美凤在外面应该是有人了，要不然，女人的心不会这么狠。他将她书桌的抽屉一个一个打开，仔细翻检了一遍，包括那些词典一样厚的书——

有一年，儿子就在一本书里发现过2000多块钱，肖美凤解释说是学生的学杂费，随手夹在书里，忘了。书房是黄光年专门给肖美凤打造的，两面墙都是书架。说是肖美凤的，黄光年也用得上，有时候朋友来谈生意上的事，几个人就在书房喝茶聊天。没发现蛛丝马迹，黄光年笑自己傻，肖美凤真有什么见不得人的秘密还能放到这里任他翻？

黄光年拗起来不要命，这是肖美凤对他的评价。离婚之前，他要先搞清楚肖美凤是不是背叛了他，那个男人是谁。他上街买了张新手机卡，注册了一个新微信，人在江湖飘。申请添加小凤的微信，没通过。以为肖美凤没看手机，快下班时却收到她发给自己的一条微信，晚饭在家吃不？黄光年装着没看见，趁机又申请了一遍。他想通过人在江湖飘探探她的底，他怀疑四两——四两是她大学同学，人瘦，又高，单薄得像只有四两。

黄光年当年没考上大学，进部队当了兵。有次坐火车回去探亲，走道对面有几个大学生，好像在争论什么。两个女生，瘦点的跟男生一样激动，据理力争。胖点的就是肖美凤，她吐字清晰，无论说什么，都一个语调，只用眼神和表情表达自己的情绪——惊讶或愉快。即便说到"天啊""真是太好了"之类的感叹句，语气都像是陈述句。宠辱不惊，黄光年想了好久才想出这个词，还觉得不全面。温文尔雅，从容不迫……对于一个家庭来说，这样的女孩肯定会是个好母亲，好妻子。就是她了，他觉得传说中电光石火般的爱情来了。黄光年当时穿着军装，很容易就加入了他们的谈话。没想到，他和肖美凤还是同一所高中毕业，她比他晚一届。他后来才知道，旁边那个叫四两的男生正在追肖美凤。

黄光年在公司小食堂吃过晚饭，又回到办公室。小凤还是没有通过他的申请，只回复了一句：您是哪位？黄光年以为，和网络里的陌生人聊天安全，于是回她：陌生人。过一会儿，小凤回：我不加陌生人，抱歉。

第二天快下班时，肖美凤才通过他的申请。黄光年在申请中说，我是你的大学同学，数学系——当年数学系与英语系的教室在同一座楼上。怕她有顾虑，黄光年还特意说他在安阳工作，一个在河南的最北面，一个在最南面，见面的机会不多，不会妨碍彼此的生活。

黄光年故意问，老同学好，你在哪里工作啊？

老家，小凤答。

老家是哪儿？黄光年装着不了解她，是想让她少点戒备之心。

处处是家。小凤明显不想和他多说。

老同学的话好有禅意啊，难不成进了佛门？黄光年很得意自己用了禅意这个词，既显摆了自己的文化品位，又有玩笑的成分。

未剃度，已皈依。

真的？黄光年知道不是真的，但肖美凤对自己生活的不满也显而易见。

她不说话了。

黄光年追问，怎么了？跟老同学说说呗。

缘分到了。

是啊，咱俩的缘分终于到了。他装着不知道小凤说的是她跟佛门的缘分。

小凤不回复了。

上学时我老见你坐在教室后排看书，安安静静的，让人有种岁月静好的感觉。遗憾,那时候脸皮薄,不敢上前搭讪。写好,发过去,肖美凤还是不回复。

那天晚上,黄光年心情好,推了一个饭局,及时回到家。肖美凤正在厨房忙活,听到门响,伸头看了一眼。

饭刚上桌,儿子就回来了。

你怎么知道我这时候到家?儿子问。

我是妈妈啊。肖美凤问,听说你昨天的英语考得不怎么好啊。

有个阅读短文我忘了做。

嗯,这都是经验教训,可别到高考再犯这样的错误。

……

黄光年看着桌上的菜,像是前一天剩下的,今天又上了桌——他们的日子似乎就这样重复着。还是有个孩子好,老夫老妻整天相对,说什么?他想象不出没有孩子的夫妇怎么能维持一辈子。

人在江湖飘又撩过肖美凤几次,都没有得到回复。可能正赶上她忙,也可能根本就不想理他。黄光年自然高兴,但作为人在江湖飘,又有点失落。第二次聊,是他出去竞标,晚上九点多从酒桌上回到宾馆,无趣。她呢,应该是辅导完夜自习刚回去。

我脑子里总像有幅油画,你坐在光线柔和的灯光下,写字,或者看书。我一直想找个画家画下来。

脸皮练厚了?

黄光年早忘了自己前几天说过的话,正愣怔,对方又发来一个笑脸。这话,N年前就有人说过。

黄光年知道"有人"说的也是他,但他一点印象也没有。

不过，他相信自己应该是说过，火车上那一幕，他确实记忆深刻。你结婚了？

什么话，奔四的人了还不结婚？你没结？

结了结了。黄光年想象着肖美凤仰靠在进门的沙发靠上，像睡着了的猫，舒展着身体——她喜欢这个姿势，说是最放松。

哈哈哈，她连续发了三个笑脸，我还以为你等我等到现在还没结婚呢。

黄光年脸被她说发烧了。但他不是人在江湖飘，他是黄光年，没必要发烧。肖美凤愿意跟他开玩笑是好事，说明她没有戒心。

老公是同学？

肖美凤回了一个白眼的卡通图像。

他好幸福，拥有你这样的老婆。

过去是，她说，有孩子之前。追我的时候，他送过花，送过化妆品，还送过内衣。嗨，我问你，你给你老婆买过内衣不？

黄光年说没有，他希望这样能衬托出现实中的那个他更加高大。

那时候我就觉得，一个男人，忐忑不安地进了女人的内衣店，在一堆女人的注视下给自己喜欢的女人买内衣，得鼓起多大的勇气啊。

嗯，反正我没有那个勇气。黄光年笑自己谎话连篇，真进入了人在江湖飘的角色。不过，他那个时候确实疯狂，竟击败了中文专业的大学生四两。转业没回家，先去了肖美凤的师院，他们在学校操场坐了大半夜。肖美凤那时候也说过缘分到了的话，天下那么多人那么多火车，为什么偏偏他们在同一个车厢

凤凰于飞
088

相遇？还有他的姓，黄音凰，凤与凰，天仙配——黄光年从此正大光明地将网名改为凰。送她回女生宿舍时，楼梯拐角处有个女生在哭，男生在一旁阴着脸。黄光年吼他们，恋爱多美好的事啊，哭什么？真要哭，就别谈了。舅舅在郑州给他找了份工作，是一家事业单位，给领导开车。他几乎没有考虑就拒绝了，到郑州就意味着放弃肖美凤，他怎么可能放弃她？当然，肖美凤也一样，父母强烈反对她嫁给一个高中生。登记时，户口本是她从家里偷出来的……

你老公做什么？

你警察啊？

想知道谁中了大奖。

肖美凤连续发了三次捂着嘴笑的卡通图像。

他是个小包工头。

黄光年听出了肖美凤对他的不屑。本来包工头就带着贬义，前面又加了个小。

开发商啊？你好谦虚。

他要成了开发商也算我当年没看走眼。

怎么？你的意思是当年看错人了？

无所谓对错。他最早开理发店，不挣钱，又去收粮食。攒了点钱，才开始跟人搞建筑。先是承包建房，后来瞅谁卖地，买一片，建好，再卖，比光盖房子多挣点。

没上过大学？

嗯。

他是不是怕影响你才去收粮食？黄光年替自己辩护，我有个朋友也是开理发店的，很赚钱呀。

影响我什么？

你好歹也是个人民教师，老公是理发的，说出去多没面子啊。

肖美凤又发来一个白眼的卡通图像。

他应该把你当女神供着。

应该的事儿多着哩。

他现在对你不好？

脾气大了，好像看我什么都不顺眼了。这两年，连话都少了。

有的夫妻结婚时间长了，默契度高了，不用说话。

肖美凤又发来一个白眼的卡通。昨天我去上班，他一把夺过我的车，一边充气一边凶我，气打饱点你骑着也顺溜些啊。

对啊，气不足骑着不累人？

你们男人怎么都一个腔调？

两口子，总得交流沟通吧。

他那也叫沟通？！我也不示弱，凶他，累的是我又不是你！

哈，你这是不讲理。

我不讲理？现在我是人老珠黄了，要搁过去，他肯定是不声不响地帮我充好气，而不是凶我。

想想也是，何必凶人家呢，活儿也干了，还落个待她不好。

跟他没法沟通。我让他多活动多锻炼，你猜他怎么说？乌龟整天不动，兔子天天蹦跶不停，哪个活得长？！我拉他去医院做检查——他抽烟厉害。医生说没事，出来他就跟我诌，怎么样，还是烟熏肉好吧？

哈，你老公挺幽默啊。

幽默？还没气死我。最烦他喝酒，一开始还好，他说他是陡沟镇的。两杯酒下肚，陡沟镇就成他的了。

男人都这样啊，一喝高自己就是皇帝。

人家好多男人喝高了就躺着，不丢人。

喝一辈子酒，丢一辈子丑。

那边似乎想了想，反正过了很长时间才打出来一段话。我总想去暖他，就是换不来他的好。

什么意思？

有次他说人家酒店的糖醋土豆丝好吃，我从网上找到方法，在家里做给他吃，他还嫌没味道。

肖美凤确实做过几次糖醋土豆丝。她做事认真，恨不得拿来天平称好要放的醋和糖。黄光年笑她跟搞科研一样，让她以后不要再做了，还假装说，谁喜欢老吃土豆啊？！但他好像没说过没味道、不好吃的话。

我做了三次才做成啊。前两次没做好，我自己在厨房偷偷吃了。女人要的其实很简单，一句哪怕是言不由衷的赞美也好。

黄光年看着手机屏幕，傻了——他是不想让她非要迎合他啊。连我都感动了。做不好也正常啊，家里调料不多，又不是专业厨师，肯定做不出来人家的味道。

他呀，反正是变了。

你没变？谁都会变。你敢说婚前婚后你对你老公都一样？工作重点变了。黄光年对着手机屏幕笑。

我得去洗澡了。

我帮你搓背。黄光年趁机跟她调情。

一边去。

只让我一边看着？

差不多过了十分钟，肖美凤才又打来几个字，走了？

没有，黄光年回，一直在边上看。

我不喜欢色迷迷的男人。

黄光年尴尬地笑了一下,知道对方看不到自己的表情,才又松弛下来。那,你喜欢什么样的男人?

没想过这个问题。遇到他之前想过,长什么样,多高,学历,甚至什么样的发型都想过。感情很奇怪的,一旦扎下根,之前的所有条件都不是条件了。

没想再找一个?是不是已经有了?

什么意思?女人可不像男人。

哪儿不像?

男人的目标很多,女人、事业、前途、经济……

女人呢?女人就没目标?

女人的目标只有一个,男人,找到了便止步。女人往往更感性,没有感情是不会随便跟另外一个男人好的。

你的意思是男人比女人随便?

不是吗?男人是兽性的,不认识的女人也可能上床。

黄光年无从反驳。

十点多了,咱睡吧。

咱睡?这可是你说的啊。

你再这样我拉黑你啊。

好好好,黄光年旋即高兴起来。万一,你老公是不想让你刻意为他做什么呢?

肖美凤发来一个疑问的卡通图案。

你刚才说你给他做糖醋土豆丝。你工作、带孩子就够辛苦了,他是不是不想让你为他这么辛苦?

你怎么搞得像我老公啊?

黄光年心里一紧,旋即又放松下来,他不是凰,他是人在江湖飘。

能不能不提他？下了，88。

一会儿，又发来一句。谢谢你听我倾诉，希望没有干扰你的生活。

黄光年多么希望肖美凤在现实中也这样诚恳啊。他们在微信中畅所欲言，说话机智幽默，为什么现实中如此冷漠呢？当然，责任也不全在肖美凤，他自己主动过吗？那天晚上，黄光年失眠了，"能不能不提他？"这句话他在心里品了半夜，连提都不想提了，那么厌恶他？好在，肖美凤不像有外遇，黄光年心里很受安慰。他决定回去好好跟她谈谈，再争取一下。

很不巧，连着两个晚上黄光年都在外面陪客户，回去她都睡了。早晨她又得早起，给孩子做饭，送孩子上学。等他起来，只有厨房还温着的早餐。

第三天，快下班时，黄光年才看到肖美凤发给人在江湖飘的一条信息。对了，忘了问你老婆，她做什么工作，长得肯定很漂亮吧？

警察查户口？黄光年学她。

肖美凤发来一个尴尬的笑脸。

离了，我们。她以前对我很好，出去还帮我带牙膏牙刷。

真巧，结婚之前我也帮他准备过牙膏牙刷。

婚后没有准备过吧？

那边没有回复。

男女都一样，你说你老公没之前对你好了，你不也一样？成家有孩子了，男女身上的担子都重了……

肖美凤仍没回复。

在吗？黄光年问。

对方发过来一朵玫瑰。

黄光年怕她怀疑,赶紧又打了一句,她还帮我准备过换洗的袜子。我老婆有轻微洁癖。大学毕业那年,他们一起去过庐山。牙膏牙刷毛巾都是肖美凤带的,还说男人不用操心这些小事。

唉,我们离离也不远了。

非得离?黄光年急了。最好别离,二婚大多是两张皮,很难融合到一起,各有各的孩子嘛,不念前夫前妻,自己的孩子肯定要惦记的。

也有二婚过得好的。

是啊,二婚家庭得有共同的孩子才能把两个人粘在一起。

走一步是一步,不想那么多。反正现在不喜欢他了。

现在喜欢谁?

喜欢你——你是不是想听这样的话?还别说,你有点像以前的他,善解人意,总是为他人着想。上次说我老公的时候,你老是为他开脱。你的话让我时常想起我们刚结婚那阵子。有次他感冒了,咳嗽,怕吵醒我,咳嗽时用被子捂着嘴,脸憋得通红。还有,我生孩子的时候,他进产房第一句话不是问孩子怎么样,而是问我,还痛不痛,想吃什么。那时候我就想,这个男人,我们一定会白头偕老。

我变了吗?黄光年反问自己。想想,又问肖美凤,你的意思是,现在他变了?

我们说过的话,一年加起来也没有咱俩刚才说的多。以前他回来就陪我看电视,聊家务,东拉西扯,反正有说不完的话。现在呢,他回来还是摆弄他的手机,说是处理工作,谁知道是不是跟哪个女孩聊天?有一次他生了病,去武汉协和医院检查都没告诉我，你说说，他心里还有我吗？

这就是男人跟女人不一样的地方，男人不想让女人为自己操心。你老公不也没检查出什么吗？

什么叫夫妻？有福同享还得有难同当才是啊。

出发点不一样，他也是为你好。还没确诊的病，为什么要让另一个人担心？搁我，也会这样。

看到黄光年发过来的亲吻的卡通图案，肖美凤说，不怕你笑，他差不多有十年没吻过我了。

黄光年脸红了，十年，竟然十年没吻过她？他想起年轻时在自行车上和肖美凤接吻，想起她娇嗔的骂，不要命了啊？那时候，真是不要命啊。

知道吗，这段时间，我有种有了情人的感觉。

好啊，我愿意做你的情人。

你真会顺杆子爬啊，我连你是男是女都不知道。

视频吧，看了我这个英俊潇洒的小伙，你肯定会答应的。

你英不英俊我不知道，但我早不是二十岁的小姑娘了，我不相信网络爱情……

黄光年其实就在楼下车里。下线后上楼，肖美凤刚进卫生间。他打开电视，想等肖美凤出来一起看。她喜欢湖南台的《我是歌手》，尤其喜欢陈楚生，可惜那天不是周五。好在音乐频道有明星演唱会，黄光年调大音量。

肖美凤从卫生间出来，径直朝卧室走，脸阴着，与刚才聊天时的幽默热情大相径庭。黄光年眼睛看着电视，其实什么也没看到，音乐全是噪音。手机里，她离他越来越近，而现实中，他们却越来越远。

那一晚，肖美凤在床上翻来覆去。她肯定还在想着人在江湖飘，黄光年有点恶毒地暗笑，肖美凤无论如何也想不到，与她夜夜同床的老公竟然就是人在江湖飘。

"歌手"最后一期那天，黄光年早早回了家。肖美凤跟儿子正在沙发上看电视，黄光年钻进卧室。

在吗？他问她。

嗯。等着看电视呢，他回来了。

哦。

对了，你们为什么离婚啊？

误会太多。

什么意思？

后悔了。

重新去追啊。

人家已经结婚了。

啊？遗憾。

嗯。结了婚，遗憾；离了婚，更遗憾。她是个喜欢做梦的女生，我呢，跟你老公一样，老想着多挣钱，想着扛起全部压力，让她安心做梦。

你是一个负责的男人。

她笑我是个商人，眼里只有钱，没有她。

啊？

我很伤心，她不理解我。后来，误会越来越深，我们甚至一个星期都不说一句话。有事，发微信。

……

你怎么不说话？黄光年问。

对不起，肖美凤说。

黄光年打去一个疑问的卡通图案。

你让我想到我老公。

嗯，记住，爱，是用不着说对不起的。

啊，你怎么也知道这句话。

我怎么就不能知道？

你说，真有《爱情故事》里的爱情吗？

怎么说呢，应该有吧。艺术不是来源于生活吗？

我刚才在反省自己，是不是平时对老公太冷漠了？他在外面也不容易。

所以啊，沟通很重要。你试着像跟我聊天一样和你老公也聊聊吧，只要还有爱，误会早晚都会消除的。

肖美凤发来一个拥抱的卡通图案。我怎么觉得你是上天派来拯救我们婚姻的天使啊？

天使是一定的，黄光年偷笑，至于你们的婚姻，完全靠你们自己。

关了手机，黄光年出了卧室，儿子睡着了。黄光年将盖在儿子身上的外套取下，重新披到老婆身上。肖美凤扭头看了他一眼，黄光年抱着儿子，送进小卧室。

最后一首歌，刘欢的，肖美凤偏头看向他。

黄光年在她身边坐下。

"凤凰于飞，翙翙其羽，远去无痕迹……"

黄光年的手在背后的沙发靠上摸捏了好久，才放到肖美凤肩上。他自己都觉得好笑，多像一个偷情的男人啊。肖美凤的身子僵了一下，他感觉到了，她很快又软下来，趁势靠到他身上……

第二天上班的路上，黄光年看到小凤发来的话。谢谢，我老公又回来了。附带一朵玫瑰卡通图案。黄光年回复，不用谢，我是雷锋。但没有发送成功,下面提示说,你还不是对方的好友,对方验证通过后才能聊天。公司的年轻人解释,对方拉黑你了。

也好,黄光年暗笑,人在江湖飘没了,只剩下凤与凰。

嗷吼

1

路是生产路，一直通到东坡最远的田地。这几年，代建平很少来东坡，家里的地都是代廷想侍弄，用不上他。王畈偏远，田地流转不出去，还是一小块一小块的，大不过三间教室，小不到一间办公室。过去农民惜地如命，留的地埂几乎不能并行两只脚。生产路也不宽，只能容两个架子车错身。天黑，脚底下高高低低的，人也一浮一沉，像在船上颠簸。路边的小麦齐膝深，比夜的颜色更浓重一些。刚过了清明，天上应该有月亮的。上弦月。天阴了，他自言自语，像是给自己壮胆。

一路上他都在摩挲脖子上的玉鱼——玉能磨人性子，代建平深信不疑。过了干渠，两条小路汇合了。代建平看看手机，8点26。王畈黑成一团，周围所有的村子都黑成一团。秃头走了？他暗自希望秃头已经走了，走了就不用剑拔弩张了——他相信，见了面，自己肯定比秃头紧张。代建平其实很怕事，上次从县城回来，他跟出租车司机说带的东西多，送到门口吧。司机黑着脸，车停在大路上说，我们不下路的，代建平也不敢坚持。

本来是想在隗老师那儿教训他一顿的，还没到隗老师家门口就听到秃头粗声大气的话。再有孬种找事，跟我说……咱爷俩再碰一个……代建平在院门外站了一阵，两个手指捻玩着鱼。隗老师嗓门低，只能听到秃头的声音。嫂子，别弄菜了……来来，再敬舅一杯……去深圳，我接你……上一次见到秃头，差不多是十年前。想不起来他的样子了。听声音，应该是那种大大咧咧的人，走路都会横着身子。代建平有点怯，也可能是鱼让他镇静下来。怎么教训他？秃头这个性子，闹出事，受辱的还是他代建平。再说了，跑到人家隗老师家里闹，也不好，秃头毕竟是隗老师的客。在院门外站了一会儿，代建平又回去了。回去也不对，就是不能教训他，也得表达自己的态度吧？对，半路上截住他，闵庄离王畈这么近，秃头不会在这儿住下的。代建平又折回去，还顺手把门口的铁锨扛到肩上——真动起手来，铁锨也是一个遮挡。

摩托车的车灯突然从村里刺出来，像一把晶莹剔透的长剑。秃头还没走。代建平既没有长剑也没有飞弩，只有一把铁锨，总不能用铁锨拍他？他紧张起来，向前跑了几步，迎面就是老井塘，老井塘的水面在漆黑的夜里泛着微弱的光。代建平停下来，怕烫似的将铁锨扔了。铁锨的作用原本是威胁，是幌子——有人问起来就说去给稻田放水。到了东坡，代建平才发现小麦都还没收，朝哪儿放水？

水可以湿路、泥路，让秃头的摩托车慢下来、停下来。代建平站在老井塘边上，用铁锨将水快速撇到路上。摩托车到了干渠那儿，路已经湿了几米长。够了，代建平蹲在对面的埂上，麦子正好遮住他。

摩托车近了，他都能听到秃头哼着的小曲了，车速并没有降下来。车灯平射过来，掠过泥路，打到正在抽穗的麦子上，也打到代建平的脸上。他怕他翻车，人被甩进老井塘——老井塘跟井一样深，在代建平的印象里，多旱的年份它都没干过——赶紧站出来打手势。晚了，摩托车哧溜一声滑倒在路边，发动机吭吭两下，憋熄了火。车灯还亮着，闷在地上，反射出些微的光。还好，秃头只是被甩进了浅水区。代建平将铁锨伸到他面前，秃头当成了凶器，下意识地向后撤了一下。他会游泳。

你是哪里的孬种？

都成落水狗了还恁狂，代建平硬着气，好好看看老子，不认识了？

秃头又扒回浅水区，站起来。代建平看到他满脸通红，可能是因为喝了酒，也可能是吓的。

铁锹一头在水里，另一头支着代建平的下巴。老子有话跟你说。

我跟你有什么话说？秃头吐一口水出来，跟你老婆说去。她送货上门，我……

代建平拿铁锹顶住秃头脖子下面的夹克，用力朝外推，想吓他。秃头被激怒，抓住铁锹的木把，差一点把代建平拖下水。狗日的，代建平重新死死顶住他。

让我上去，你敢让我先上去不？

我还怕你狗日的？代建平收回铁锹。

秃头脚下是淤泥，滑，只好拽住塘边的杂草。我跟你没啥说的，男女之间的事儿……

代建平举起铁锹拍了他一下。铁锹落到水里，糙破了皮肉，有血流下来。秃头依然弓着身，但头昂起来，你敢打我？

代建平索性又拍了两下。狗日的，我为什么不敢？第三下打空了，代建平睁开眼，秃头已经头朝下趴到浅水里。

代建平拖他上来，让他肚子顶着塘埂，下半身仍留在水里——小时候他见过人家救溺水的人，放到牛背上，挤压出肚子里的水。秃头没吐出来水。他翻过他的身子，见他脸色苍白。代建平身子觳觫起来，秃头。喊了一声，想想不对，又喊闵剑锋。还是不应。走你的吧，我就是想跟你说……代建平用脚碰碰他，还是没动静。他手上用了点力，秃头顺势又回到水里。

代建平后来想，他当时犯了个错误，不该把他再推进水里——他可能没有死，只是昏迷。

代建平身子发软，站不起来。老井塘中间的小岛上飞起几只鸟，无声无息的，像默片时代的电影。他以为自己听力出了问题，扯了一下耳朵，依然没声响，静悄悄的。又扯另一只，还是一样——夜里本来就没什么声音。一个梦，他想，醒来就好了，一切又都回到原样了。

摩托车灯摔烂了，不知道哪里的塑料壳子也掉了一小块。车后座上一个蛇皮袋，里面有小半袋蒜薹、姜、韭菜。王畈本来是菜园，人都出去打工去了，没人种菜了——菜贱，也没劳力去卖。代建平把车挡起来，掀到老井塘里，水刚刚淹住车把。梦也得圆好。他解开绑蛇皮袋的绳子——不是绳子，一截电话线——一头缠到摩托车轮子上，一头缠到秃头身上。铁锹顶住车座，朝前一推，摩托车滑进水深处，人也随之不见了。

2

回去的路上，他一直在唱歌。

"你究竟有几个好妹妹，为何每个妹妹都那么憔悴？你究竟有几个好妹妹，为何每个妹妹都嫁给眼泪？你究竟有几个好妹妹，为何每个妹妹都那么憔悴？你究竟有几个好妹妹，我的哥哥你心里头爱的是谁？""雾里看花，水中望月，你能分辨这变幻莫测的世界。涛走云飞，花开花谢，你能把握这摇曳多姿的季节。烦恼最是无情夜，笑语欢颜难道说那就是亲热。温存未必就是体贴，你知哪句是真哪句是假，哪一句是情丝凝结？借我借我一双慧眼吧，让我把这纷扰看个清清楚楚明明白白真真切切。借我借我一双慧眼吧,让我把这纷扰,看个清清楚楚明明白白真真切切。""我一言难尽,忍不住伤心,衡量不出爱或不爱之间的距离。你说你的心,不再温热如昔,从哪里开始,从哪里失去。我一言难尽,忍不住伤心,衡量不出爱或不爱之间的距离。隐隐约约中,明白你的决定……"想不起歌词了,换一首。意识到太伤感了,也换。"太阳出来我爬山坡,爬到了山顶我想唱歌,歌声飘给我妹妹听啊,听到我歌声她笑呵呵。春天里那个百花鲜,我和那妹妹呀把手牵,又到那山顶我走一遍啊,看到了满山的红杜鹃。我嘴里头笑的是呦嗨呦嗨呦,我心里头美的是唧个里个唧,妹妹她不说话只看着我来笑啊,我知道她等我的大花轿。"……

唱到"你总是心太软"时,进了村子。代建平噤了声。最东头是老铁家,两间房子黑黢黢地蹲在那儿。老铁本来也在村西头,后来被儿媳妇赶出来,没办法,就把路边的水沟填了,搭了两间小趴房。第二家是大头,屋山头像用浓墨写的人字。接下来是大胖家,小水家……都是熟路,哪儿有个坑哪儿有个埂他都清楚。代建平住在村西头最后一排,离河最近。一个小院子,西南角一个废弃的猪圈,如今堆满了犁子、耙、锄头等。东南角一棵梨树,挨着压水井,紧挨着压水井的是厨屋。原来只有一棵梨树,代建平的母亲不在后,有人说院子里不兴只种一棵树,代廷想又找人家要了棵玉兰,靠着西窗。

来福听到动静,跑过来。狗和主人都瞅着东屋,只有那里有亮,一闪一闪,代廷想还在看电视。

半夜三更你去哪儿了?代廷想在里面问。

代建平推开东屋的门,小点儿声。还不到十点就半夜三更?!他看看姣姣,她睡得正香,在代廷想的里面。代建平指指自己的左脸，牙痛，睡不着。

裤子咋还湿了？

代建平低头看了看，灰色的裤子下半截被水弄成了黑色。

打个电话能打半个小时，代廷想眼睛转向电视。

代建平知道他说冯燕飞。

从来没见她跟谁那么笑过……

他心里轻笑，秃头死了，他还有什么担心的？

蹑手蹑脚进了西屋，没敢开灯。冯燕飞的胳膊在外面露着，代建平扯了一下被子，盖住。冯燕飞喜欢打麻将——不打麻将做啥呢？——但她不熬夜，想熬夜也没牌友陪她。这是代建平不干涉她打麻将的原因之一。熬夜对女人不好，电视收音机里都说，老得快。她每天9点前睡觉，不爱看新闻、电视剧，就喜欢体育台，喜欢看比赛，篮球、跳水、跑步、滑雪、水球、冰壶，好多她都不知道规则，她喜欢看"比赛的惊险、刺激、真实"。

冯燕飞斜着身子，他只好睡另一头。睡下去就好了，醒来都是梦。1，2，3，4，5，6，7，8……突然想到盆里应该是没来得及倒的洗脚水，又回到当门。果然。从盆里捞起自己的裤子，扔进洗衣机。回到床上再重数，1，2，3，4，5，6……咯吱，咯吱吱，哪儿有响动，像老鼠在咬纱窗。代建平站起来，拉开窗帘。响声没了，但也没听到老鼠的逃跑声——咯吱声是窗帘在挂轴上被风吹动的摩擦声。影影绰绰中，窗外有个人影，伸头朝屋里看一眼又缩回去藏起来。那个人似乎还很粗壮，有时候会露出半个身子。代建平瘫在那儿，屏声静气。坏了，秃头找我算账来了。过一会儿，才意识到是那棵广玉兰，风一吹，树枝晃到窗户跟前。接着数，1，2，3，4，5，6……数到371，不行，越数人越精神。应该是传说中的失眠了，他想。代建平没有失眠经验，前妻死那一段时间也没有，只是入睡比平时晚一些。数数是不行了，代建平手伸进冯燕飞的睡裙里，顺着腿朝上摸。这是他的另一个催眠方法。老婆里面什么也没穿，她经常这样，晚上洗澡之前脱掉内衣，第二天早晨再换新的。冯燕飞有反应，但仍迷迷糊糊的，没反对……

真是梦？代建平用纸擦了擦下身。出门之前他们好像刚刚做过一次，代建平还记得冯燕飞晚饭前给他发的短信，快回来吃饭。吃饱，晚上上课。上课是他们夫妻间的暗语。代建平因为秃头正生她的闷气，回了两个字，自习。冯燕飞说，自习好几天了，你不上我请家庭教师了？姣姣当时正坐在他身边，问他笑什么，代建平说你妈今儿赢钱了……

冯燕飞很快又睡了，还有轻微的鼾声，她应该不知道秃头来。代建平心里平静了些，但还是堵得慌。出门的时候怎么就扛了铁锹呢？再往前推，太不真实了，怎么么巧地听到隗小宝跟小朋友说他家里晚上要来客的话？再再往前，早晨他出门的时候，东边的朝霞一层灰一层金黄，像有人隔着百叶窗偷看人间，诡异得很。还有昨晚那个梦，梦里的蓝天上有一道数学题，真真切切的，像是白色粉笔写在蓝色木板上。上学的时候代建平最怕的就是数学，高考只考了40多分。冯燕飞饭桌上问他是什么题目，他记不清，说有数字有字母，还有分子式，很复杂……总之，这一天极不真实。

天快亮时，代建平起来了。他不知道自己睡没睡过，浑浑噩噩的。太早，外面静悄悄的，跟昨夜没什么两样，代建平甚至怀疑还是身处昨天晚上，他正在准备的是晚饭。钢精锅里淘好米，打开煤气。他不喜欢高压锅压出来的粥，没有米味儿。

熬粥之前锅里滴两滴清油,水不会溢出来——母亲传给他的经验,不用守着锅。

代廷想进到厨屋,问他咋起来恁早,代建平说牙疼,来福也叫,睡不着。来福是代廷想捡回来的,名字也是他起的。代建平嫌俗气,代廷想说吃喝拉撒也俗气,哪样你离得开?

早晨要煎两个蛋,代廷想不吃,代建平也不喜欢鸡蛋。他一手托一个鸡蛋递给代廷想。代廷想看看他,你今儿个咋了?代建平这才意识到自己太小心,像是捧着只小鸡儿,生怕它们掉到地上摔死了。

代建平说他去东头大路上买馍,代廷想在后面嘟囔他,老高能来恁早?

代建平从村子中间走——他以前都是贴着塘边出去。塘在两个村子中间,王畈后边,邱湾前边。那是人家的后院,没有路,得穿过一堆一堆的灌木丛,绕过杂七杂八的树,跨过一道排水沟。村子中间才是正路,贴着各家的院门。代建平没碰到人,也没听到狗叫,哪怕是鸡叫——他不确定以前有没有,反正这天早晨没有。唯一的声音是咳嗽,老人的,隔了好多堵墙,声音隐隐约约。

东头的大路也不大,连城里的小路都比不上。沿淮路,顾名思义,沿着淮河的路。代建平小的时候还是土路,二十世纪九十年代改成了柏油路。柏油铺得薄,没几年就看不到柏油了。前几年,一个从这里走出去的将军弄到项目,又改成了水泥路。

老铁才起来,刚开了小卖部的门,正站在大路上伸懒腰。

代建平瞅了瞅货架,没什么要买的。老铁问,星期六,咋起来恁早?代建平说智齿疼,睡不着。那枪是打子弹的?老铁说不是,水枪。牙疼不是病,疼起来真要命。赶紧拔了。

陡沟馍——刚出笼的陡沟馍——

喇叭在邱湾响。老铁说,你买馍?

代建平嗯了一声。水枪的枪管不太直,他问还有不,想买一把回去给姣姣玩。老铁笑,去年进的货,问都没人问,还有备货?代建平拿枪抽了一管水,还好,水能飙出去好远。

陆续有人来大路上等老高的馍。陡沟馍很有名气,面和得筋道,柴火蒸,能一层一层地揭着吃。这几年宣传得厉害,过年的时候供不应求,有人拿它当礼品送到县里市里。老高的馍并不正宗,正宗的也就街东头那儿家,供不应求,根本下不到村里来。

老高,听说你又换了一个?老高第二个老婆也死了,有人跟他开玩笑。

哪有,人家是来烧锅的。

哪个女人不烧锅?

头道水,二道茶,三道四道是精华。老高喝的都是精华啊……

你们这些男人啊,眼红了?跟着老高卖馍去吧。

……

陡沟馍——刚出笼的陡沟馍——老高顾不得跟他们打嘴上官司,放开电喇叭,驾着他的三轮儿朝南去了。

代建平没等到隗老师,也没见隗小宝。隗仁川在猪场,平时很少出来。

姣姣老远就喊爸,我比妈妈起得早。代建平亲亲她,宝贝。代廷想在喂鸡,刚孵出四天的小鸡儿,十六只。冯燕飞从厨屋出来,左手一盘青椒炒鸡蛋,右手一盘韭菜千张。走到代建平跟前,小声说,真好。

确实好，鸡蛋是黄的，青椒是青的；韭菜是青的，千张是白的。

冯燕飞向着他，声音低了八度，我说你真好……

代建平这才意识到她是指床上。他没有一丁点儿好的记忆，怨恨、粗鲁倒是有一些……

3

体育台没比赛，奥运火炬传递。一台是穿越剧，二台在讲股票，电影台是个老电影……代廷想嘟囔他，调过来调过去，你到底想看啥？

动物世界。赵忠祥声音低沉，很有磁性，能让人迅速镇静下来。

"大象比很多动物的智商高，它们有一种特殊的技能：能预见自己的死亡。如果大象感觉自己过不了多久就会死去，它们就会离开象群，然后独自走向一个神秘的地方……""它放慢脚步，落后于象群，之后，厕身于一篷树丛中，目送群象远去……选定一片向阳而又隐秘的草丛。""老象依偎着老树，颓然倒下。"

是真的吗？代廷想问。

动物世界又不是电视剧，代建平说。

人太复杂，代廷想说，死就死呗，还这这那那的。

人是高级动物嘛。高级动物要求有仪式感，你看皇帝死多隆重，老早就修陵墓，还得有陪葬。最开始的时候人也没有仪式，死就死了生就生了。后来人有阶级地位了，就有了相应的仪式。地位越低仪式越简单。

代廷想说，大象就不要仪式。

也要，代建平说，它躲起来死其实也是一种仪式。

人也应该躲起来死，代廷想说，少了很多麻烦。

代建平马上想到秃头。

听说象牙很贵的，大象是不是不想让人把它的牙弄走才躲起来？

象——牙？代建平突然想到一个法子，拔牙，以痛制痛。

从家到东头大路上，代建平是推着车走的。到了大路上他也不急，见人就打招呼，不下地啊？人家反问，下地做啥？也是，不收不种的，谁还下地啊。下地应该是二十世纪的事了，那时候坡地里一天到晚都是干活的，施肥，浇菜，收菜，松土，锄草，拔秧田的稗子……现在可好了，坡地里都种小麦水稻，除草剂一撒，再不用管了。代建平在路边站了一会儿，他不能这样亢奋下去，他得正常点。

去年教师节体检时，医生说他有两颗智齿，得拔了。他没当回事，好好的，拔掉不疼？机会来了，拔牙的痛苦肯定能冲淡他内心的惊恐与焦虑。最好不用麻药，两颗一起拔，越疼越好，疼狠了就没有时间想这想那了。

医生不同意，要拔两颗你得住院。

住院麻烦，先拔一颗吧。

智齿多横生，顽固。医生用力猛，牙劈成了两半。奇怪的是，一点儿也不疼，满口都是木的。麻药下多了，医生说。

回程的车上，下雨了。雨打到车窗上，公路旁的树杪上，柏油马路上，还有行人的雨伞上。车里车外两个世界。到了陡沟，下得更大，乘客都下去就近买了伞或雨衣。代建平径直走进雨中，心想，下吧，再大一些才好呢，雨能涤净一切污秽。

路过派出所，老虎正坐在门洞里发呆，看到他，大声喊，建平，过来喝口茶避避雨？代建平捂着半边脸，牙疼，改天。

老虎也是王畈人，跟代建平差不多年龄，托人弄到派出所当协警。协了快十年了。老虎有个特长，讲故事。抓小偷、蹲守，与嫌疑人搏斗，多平常的事，他都能讲得一波三折，像电影电视剧。最初主角还是外面的某个警察，后来都变成了老虎自己。没人跟他较真，警察的事一般人也不清楚。

回到家，天刚黑定。见代建平浑身湿漉漉的，冯燕飞笑，我是嫁了个下雨不知道打伞的傻子啊。她也刚回来，手气应该不错，正在数手里的大小票子。他们住的是老房子，代廷想的——代建平早已经不是王畈的村民。他是王畈小学的老师，教两个年级的语文。学校离他们家不远，一公里左右。那儿还有分给他的两间平房，鲁艳青死后，他又在里面住了两年，娶了冯燕飞，才搬回王畈。

鲁艳青是代建平第一任妻子。职业高中那年招了个幼师班，学费两千。代建平数学差，复读考大学无望，想读幼师，管他教小孩儿还是大孩儿，能有个工作就中。高中上完，他已经做不了农村的活了，有力气，没有耐性。有一年回去收麦，割几镰，就想直一下腰，天啊，何时才能割到那一头啊？代廷想支持儿子，他不惜钱，尽管那时候两千还是个天文数字。鲁艳青也是从普通高中转到那个班的，人家是应届生，没经历过高考的打击，浑身上下意气风发——后脑勺上扎着朝天翘的独角辫，眼睛清澈见底。元旦晚会那晚，代建平鼓起勇气，把她挤到楼梯拐角处，抱了又吻。

幼师两年毕业，代建平去了鲁艳青的老家——她爸是村支书，条件好。说是幼师，其实学的都是小学教育。县里当务之急不是培养幼师，幼师能哄孩子就行。乡村缺教师，职业高中又没资格培养小学教师，只能打着幼师教育的名义。代建平教二、三年级语文，忙了也回去帮着收割播种。第二年，代建平母亲查出乳腺癌，鲁艳青求她爸，托人又将他们转回王畈。冥冥之中，代建平似有预感，一直不愿要孩子，说是要和鲁艳青多腻歪两年。那时候，鲁艳青已经脱掉学生气，身子像充了气，哪儿都变得鼓囊囊的。代建平倒是不奇怪，女人就该这样，恋爱时清清爽爽，结婚后肉感十足。但女人和男人不一样，女人天生就有母性。鲁艳青熬了几年，偷偷扎破避孕套，造成既成事实。冬天大雪，鲁艳青放学路上滑倒，血染湿了毛裤，没送到镇上就断了气，大人小孩都没保住。代建平像掉了魂，从此一蹶不振。

　　高中同学十周年聚会，代建平不想去，谢小凤专门打电话来劝。高考那年，人家都买麦乳精、苹果改善生活，代建平没钱，经常买西红柿吃，说西红柿对大脑好。谢小凤是走读生，城里人，偷偷朝他抽屉塞巧克力，塞麦乳精。代建平读幼师时，时不时还会收到谢小凤的信，谈自己的理想，谈人生，也谈父母家庭。代建平回信也是理想、人生、父母家庭，直到追上鲁艳青，信才淡了。

　　他就是在那次聚会上认识冯燕飞的。谢小凤说你不能老这样，你是个男人，什么时候都不能蔫。女人就能蔫了？但代建平没跟她犟，人家是为他好。谢小凤要给他介绍个姑娘，代建平不想拂了她的意，见就见，他一个过来人，怕什么？

　　冯燕飞是超市的收银员，跟谢小凤的邻居有亲戚关系。跟鲁艳青不一样，代建平初见冯燕飞时，她就像热馒头，暄腾腾的，正等着出锅。谢小凤没跟她说代建平死了老婆，只问她中意不。冯燕飞觉得还行吧，代建平白白净净的，看起来很干净。男人嘛，干净就行。再加上又是老乡，一个陡沟南一个陡沟北。冯燕飞后来跟代建平说，你同学太能了，等我点头了才说你是二婚。我稍一犹豫，她就拿出早准备好的一通道理。都啥时代了，你还介意一婚二婚？一个有经历的男人，懂得珍惜你……

婚礼定在国庆节，新房就设在王畈——冯燕飞不愿意住学校，那是代建平和他前妻的家，冯燕飞别扭。婚礼当晚，没有闹洞房的年轻人，村里只有一些老人孩子。冯燕飞坐在鲜艳的床上，头上是彩带气球。他看不清她的模样，电灯被蒙上了红纸。她爱我吗？他没有把握，也不确定自己爱不爱她。又想起鲁艳青，他反复告诫自己，不要对比——很多过来人都这样劝过他，包括谢小凤。

冯燕飞生产之前他们吵过几次，代建平怪她老打麻将，冯燕飞说我不打麻将我干啥，你给我找个活儿？后来又抱着姣姣打，代建平说这下好了，姣姣早早就知道七条八万了。姣姣还没满周岁，冯燕飞就给她断了奶，要跟人家出去打工。第一年还好，隔不两天冯燕飞就会打个电话回来，后来又逼着代建平装了宽带，QQ上能看看姣姣，还有代建平。代建平过得倒也充实，回去就泡在网上，与谢小凤联系也多了。过年回来，冯燕飞麻将打得少了，整天趴在电脑上。代廷想偷偷向他报告，她今儿个没去打麻将，抱着电话打了一下午，或者今儿个倒是好，一上午没出门，不过，一听到电脑里啾啾啾地叫，就跟掉了魂儿似的……

离过年还有三天，代建平去医院做了个小手术，鼻间隔弯曲。医生建议年后做，再小的手术也会给生活带来不便。代建平坚持马上做，说受不了，气短，憋得难受。难受是不假，其实不是憋的,是冯燕飞的出轨——他通过软件监控了冯燕飞的聊天记录。冯燕飞跟那个网名叫担水上天的男人认识时间并不长,他好像也是本县人,在冯燕飞打工的工厂附近卖红酒。以痛制痛,负负得正。代建平并不是从数学里得到的启发,办鲁艳青的丧事时他脚踢在门槛上,掀掉了半个趾甲,疼痛抵消了悲伤,痛苦反而减轻了。

冯燕飞回深圳的前夜,代建平才跟她摊牌。

是不是急不可耐?

啥意思?

啥意思你不知道?

你看我 QQ 了?

我只想问你一句话,代建平靠在床头上,你跟他是玩玩还是认真的?

冯燕飞用被子蒙住头。过一会儿,又掀开,他骗我!他灌醉了我……

闵剑锋的名字是冯燕飞自己说出来的。代建平认识他,他是隗仁川嫁到闵庄的姑姑的婆家侄,在信用社收贷放贷。后来出了什么事,不干了,隗仁川说他去南方做大生意了。其实并不大,租了工厂旁边的一间小房子,卖红酒。

冯燕飞没再去深圳,但秋天收稻子之前他们又见过一次。天黑透了,她还没回来。代廷想说,半晚上就走了,有人看到去隗老师那儿了。隗老师那儿没人打麻将啊?代建平不吭声,太不正常,冯燕飞从来没有晚上熬夜打麻将的历史。打她手机,响了几声,掐断了。再打,又掐断。在屋里转来转去,终是不放心,代建平拿上手电,出去找。半路上迎面碰上冯燕飞,代建平问,咋了?冯燕飞不语。输多了?代建平装着不知情。冯燕飞闷头疾走。

他陪她在厨屋吃饭——代廷想和姣姣都吃过了。冯燕飞阴着脸,闵剑锋来了。代建平问,你去见他了?冯燕飞嗯了一下。顿了顿,又说,我去还他的东西。

代建平和她冷战。冯燕飞发短信,我们已经没任何联系,我发誓还不中吗?代建平不回她,他们四天没说话。他恨那个秃头——闵剑锋并不算秃,只是头发比别人稀些,秃头是代建平的嫉恨——他从来没这么恨过谁。一对旧情人见面,说什么都没发生,谁信?跑到他家门口来了,真是欺人太甚!冯燕飞说他是来王畈看他表舅,顺便来跟她了断……是来见你吧,顺便看他表舅?冯燕飞说他不讲理,青天白日的,又在隗老师家里,能有啥?也是,一屋子人,还能有啥?代建平嘴上不服,到底谁不讲理,断了就断了,为什么还要见面?他来看他表舅,他们那算哪门子老表?!

好了,代建平心想,终于一了百了了。这是最好的结局,还能有比这个更好的吗?

4

雨一连下了四天。第五天,雨住了,但王畈的路还是泥泞难走。岳父把车停在大路边上,说是想找他们借点小钱周转,他的钱都押在种子化肥上了。五万算小钱?代建平皱了皱眉。这个岳父做了半辈子生意,县城有房子,还有车,手里不缺钱,朋友遍布郑州武汉长沙这样的大城市,在老家当然听到的都是好话。聪明,见过大世面,人缘好,和气……这些培养了他的自命不凡。喝酒之前,他是陡沟的,喝了酒,陡沟是他的。代廷想喝再多也不会说这样的狂话，最多叮嘱他上班要听领导的，少说多做。代廷想吃饭的时候教训他，一个老百姓，要是连队长的话都不听，那他肯定啥事也搞不好。代建平没有反驳，年龄大了，他渐渐觉得代廷想说得没错。代建平却愈加不喜欢岳父，不喜欢他永远正确的神态，但想着自己时日不多，将来姣姣说不定还要仰仗他，心里反复劝自己，生意人毕竟是生意人，不说大点儿谁敢相信？

酒拿上来，代建平让冯燕飞再加一个杯，我陪咱爸喝两杯。岳父问，你下午没课？代廷想说他刚拔了牙，不能喝酒。代建平说少喝点，反正下午没课。岳父心情大好，不当紧的，白酒正好消毒。

代建平喝多了，多得让岳父既吃惊又高兴——女婿从来没有这么贴心过。走的时候，岳父拉着他的手，下半年，下半年给你们买辆车。代建平大手一挥，用不上，用不上……冯燕飞抢过话，谁说用不上？至少我回娘家方便。我明儿个就去考驾照。

送走岳父，回身惊见南头飘起炊烟。纯净的天穹下，一股淡烟曲曲折折，像画，像神话中的妖魔。代建平站在院子里有些恍惚，又到晚饭时间了？他最近晨昏颠倒，经常忘了时间。老井塘的那个晚上，真的发生过还是幻想？离现在多久了？人在惊恐中时间是无序的。也许真是梦，梦里的事竟然让他惊恐了这么久，真是。

喝茶喝茶，我爸说喝茶解酒。冯燕飞递给他一杯沏好的毛尖，你最近越来越不像你了。

哪儿不像？代建平看了手机，还不到五点半。老人们节俭惯了，天黑前做好饭，省得费电。

变了。

变好了还是变坏了？

好，冯燕飞笑。

那就好。

晚上牙真疼起来，疼得代建平在床上直打滚。鬼呀，谁说白酒消毒？冯燕飞打他一下，消毒消不了痛。谁的儿谁疼，这话他没敢说。冯燕飞要带他去卫生院，黑更半夜去哪儿找医生？冯燕飞说哪个医院都有值班的。代建平根本就没打算看医生，医生个个都是牙医？不是牙医去了不也白搭？他甚至祈祷着，明天接着疼，不用他胡思乱想了，不用他担心了。

吃早饭的时候他说好了些，不太疼了。他骗他们，上课的时候说话还吸溜吸溜的，下课得捂着半边脸。张校长也劝他去医院，课找人替他。代建平说没事，医生说拔牙都这样。

过了两天，又不痛了。代建平见人就说，奇怪，没吃药，也没看医生，好了。冯燕飞笑，看，是不是消毒？代建平顺着她，消毒消毒，还是姣姣姥爷见世面多，懂得多。

周四学校例会，张校长说，周六全镇老师比武，奖金丰厚。代建平开玩笑，两箱空心挂面？以前不丰厚时是一箱，价值60块钱。大家跟着议论，没人报名。前五名按县级优质课加分，张校长又说，想晋职称的赶紧报名，每个村小至少得有一名老师参加。晋职称当然都想，但参加了就能取得名次？一半儿的机会都没有。

熬到六点多，天煞黑了，还是没人愿意报名。张校长一个一个地点名，人家都有理由，带孩子，不会电脑制作不了课件，婆婆生病了，老婆要生……最后一个才点代建平。代建平上不了台面，给人代课都紧张。有一年在县城搞普通话测试，代建平抽的口头作文是"我的妈妈"。他太紧张,念完题目不知道该怎么朝下说,卡壳要扣分的,只好硬着头皮说,我的妈妈,我的妈妈是个女的……这个笑话传了好几年。张校长说他有优势,懂电脑,会制作课件。代建平生怕被张校长抓住似的,身子撤离办公桌,连说不行,我紧张,给其他老师代课都紧张,更何况在全镇老师面前?到时候话都说不囫囵,丢的可不光是我自己的脸。张校长说那怎么办,没人参加就不丢脸了?代建平想想也是,总得有人应这个卯吧?好吧,只要你们不怕丢脸,算我一个。反正都这样了,怕什么。

抽签他抽了第一个。第一就第一,名都报了还怕讲课?没想到代建平一点也不紧张,张校长都意外。中午他们没回王畈,张校长说请他吃沙狗子。沙狗子和空心挂面都是本地特色,淮河只有陡沟这一带才有。不大,一拃长,圆滚身子,全身晶莹剔透,烹炒煎熘都可以,还可油焖、煨汤,肉质细嫩。又点了一个丝瓜,一荤一素,张校长说吃好就行,不能浪费。代建平偷偷付了账,张校长有一大家子人要养,又是为他的事。

结果也不错,全乡第二名。张校长安慰他,要不是第一个讲,肯定是第一。第一第二无所谓,代建平为自己的表现惊讶,在全镇小学老师面前啊。他自己的总结是,以前紧张是因为心里顾念太多,想法太多。

5

"五一"长假前,老师集会。放假不能放松思想,长假要把这学期学习"三个代表""八荣""八耻"的心得体会补上来,开学上交到中心校。防火防溺水,每次放假都提,还是会出事。

今年上级强调了,哪个班的学生出事哪个班主任要负事故责任。最后表扬代老师。大家都看到了,代老师积极报名参加全镇老师比武,这叫有担当。牙疼坚持上课,这叫有责任。大家都要向代老师学习,鞠躬尽瘁,死而后已……

老师们都笑。

今年的年度考核优秀给代老师,张校长说,他受之无愧。

岳父想趁放假带他们去鸡公山,爬爬山,买点儿信阳毛尖。冯燕飞正学车,走不了。代建平不喝茶,也不喜欢爬山——山上到处都是人,看什么?不能空车回去啊,岳父接走了姣姣。

假期第二天,代建平去县城。代廷想跟在后面,说,她老跟一个男的一块儿回来。代建平说知道,他们驾校的同学,南边夏湾的。代廷想说不是,听说是隗湾的。想起来了,代建平说,隗湾的,燕飞跟我说过。

代建平去县城看牙。牙其实早不疼了,他想见谢小凤。

见面地点在南关西餐厅,陡沟的客车正好路过。谢小凤没带儿子,送到他奶奶家了。

好忙啊。

你?代建平问。

你啊。胡子茬茬的,活脱脱中年男人的沧桑。

代建平笑,老了。

还没说你胖呢,就已经喘起来。

田书记呢?

他呀,一天到晚难落屋。

餐厅是卡座,背靠高。谢小凤说她前段时间才发现这个地方,全县只有这一家西餐厅。怎么不带姣姣?

她姥爷带走了。

多大了？该上幼儿园了吧？

是，秋季开学就上。

定个娃娃亲吧，我们家田晓正好比她大两岁。

好啊好啊。知道是虚话，代建平还是很兴奋，真跟田晓定了亲，他就放心了。

服务员送来茶水，下面有短粗的白蜡烛加热——明显是形式，但格外出情调。

龙井，你尝尝，很香的。

代建平啜一口。嗯，有点，像是，像是冬天钻稻草垛的味。

谢小凤在城里长大，没钻过稻草垛。

比毛尖好。代建平不懂茶，只喝过毛尖。

当然，龙井排在十大绿茶之首。谢小凤介绍说，龙井是甘香，香味更直接。毛尖是后味带香。

你觉得，代建平突然严肃起来，我，我出去可以不？这其实才是他来见她的目的。

怎么不可以？去哪儿都中。顿了顿，又问，你有幼师证不？

有。小学教师资格证也有。

要出去，你们俩得一块儿。

为什么？

现在这个社会，长期分居……不是好事。

代建平明白她的意思。

听说县里今年要招老师，一个私立学校，民办公助。

闷，想出去透个气。代建平不是说单位压抑，而是自己心里有话没处说。

哪儿都一样。我们改变不了环境，只能慢慢适应。

谢小凤虽是女流,但比一般人眼光独到,这也是代建平来见她的原因之一。

点的菜上来了,牛排在暗红色的瓷盘里刺啦啦地响。一盘上汤红苋菜,一盘只浇了调料的生菜——服务员说是沙拉。

谢小凤说一个同学被车撞了,四两。代建平哦了一声,个子很高,瘦精精的?谢小凤说现在不瘦了,吃胖了,一百五十多斤。晚饭后出来散步,一辆昌河车从后面冲过来,第二天就不中了。死了?代建平问。死了,谢小凤切了一块牛排放到他面前的碗里,撇下一个儿子。

这好像是他们班第二个死去的同学,第一个也是车祸,女生,老公和孩子都在车上。同学在QQ里发起捐款,代建平捐了五百。

我们那儿,挖沙挖出个尸体。

什么时候的事?谢小凤问。

好久了。

破案没?

不好破的,代建平看着盘子里的牛排,时间长了,尸体都腐烂了。

命案必破。谢小凤按了按桌上的红色按钮,服务员快步过来。有没有熟普?

有,服务员说,冰岛。

谢小凤看着菜单,冰岛这么便宜?

冰岛?代建平不知道这是普洱茶的一种,比较有名。谢小凤转向服务员,上吧,就冰岛。

你对茶挺了解啊。

也不算多了解,喝多了,知道一点点。你们那儿最近有没有突然失踪的人?

代建平愣了一下,旋即明白了她的意思。没有吧,我也说不清。

嗯,突然失踪最可疑,不是受害人就是凶手。说完,谢小凤得意地笑,怎么样,我像不像警察?

我还不能走啊,代建平心想,走了岂不是此地无银三百两?

你怎么了?

没怎么啊。

你的眼神怪怪的。

我,我,代建平说,我想……

我感觉你变化很大。

这倒是真的。冯燕飞说过,他的同事说过,张校长也说过。

服务员来送茶。头一道,倒了。谢小凤跟代建平解释,一般的茶第一道都要倒掉,洗茶。冰岛是普洱的一个地名,一个山头,出来的茶好,就成了品牌,跟信阳毛尖直接标大山茶一样——大山上的茶味道好嘛。不过,一好,假冒的就多。

代建平尝一口,谢小凤问,是不是很醇厚,很有年代感?

代建平喝不出年代感,他喜欢这种茶的汤色,略红,色泽均匀,在白瓷杯里晶莹剔透。

一壶茶喝罢,谢小凤说你难得来一次,咱去唱歌。代建平说不去了,还得回家。谢小凤说早着哩,去唱会儿。唱歌也能锻炼身体,增加肺活量。代建平不是不喜欢唱歌,是怕谢小凤多花钱,吃饭就没让他付账,他不好意思。谢小凤看出来了,从兜里掏出一张卡,没事,咱有卡。

要了个小包间。谢小凤先打开两罐啤酒,递给代建平一罐,正好中午没喝酒。花生米果盘点心都是送的,不吃也收这么多钱。代建平开第二罐时,谢小凤去唱歌,《味道》。代建平喜欢唱舒缓些的,《像我这样的人》《一世情缘》。翻到王杰,又点了《安妮》。谢小凤说好,你唱歌最大的好就是代入感强。他受到鼓励,又唱《英雄泪》。最后副歌部分反复延宕时,换不上气,声音劈了。但是他觉得很过瘾,从没有这么释放过,心里好像一下子放空了。他转身抱住谢小凤,箍住她的肩膀。谢小凤没有挣扎,手也搂上他的腰。有电流,他轻轻地抖了一下。一股暖意,漫过他身体的角角落落。

谢小凤是他抱过的第三个女人。与另外两个不同,这一抱,相当朴素。

从 KTV 出来,外面豁然开朗。天蓝莹莹的,云淡风轻。

6

张校长,实在找不到优点怎么夸啊?张校长让多夸学生,尤其是写学期评语。孩子的潜能是无穷的,就看老师家长能不能激发出来。

总有一点吧,张校长说,他不爱学习总爱劳动吧,不爱劳动爱卫生不?聪明不?喜欢做好事不?

没见过这么懒的学生,代建平说。轮到他值日,不是忘了就是敷衍了事。还谎话连篇……

我以前教过一个学生,也像你这个学生一样,成绩倒数——不是倒数第一就是倒数第二,我没办法,期末评语说他成绩稳定……

代建平笑,倒也客观。

还有一个学生，好打架，跟班里男同学打，也跟外面欺侮班里同学的男生打。写评语时我就说，该生积极参加社会实践活动。

代建平一边笑一边朝张校长竖大拇指。

一个女老师过来问，代老师，你们王畈谁死了？

谁死了？没听说谁死啊。

我看人都朝东坡跑，说是有死人……

代建平呼地站起来，东坡？意识到自己有些紧张，又装着若无其事地坐下，右手按住脖子上的鱼。

你不知道？

不知道，代建平随手翻了翻面前的书。他在犹豫，是过去看看好还是眼不见心才静？

赶紧去看看，别有啥意外。

代建平说好，他把张校长的话当成了命令。

代建平几乎跟派出所的警车同时到达。所长问支书是不是王畈的人，支书说不知道。老虎问，会不会是闵庄那个报失踪的？所长没吭声。老虎还要再问，所长说，赶紧去船，尸体捞上来。支书说哪还有船啊。所长问里面的麦谁种的，老铁怯怯地站出来，荒地，没人种，我捡了。支书知道所长的意思，说天冷他就坐大盆过去，暖和点就游过去。找大盆啊，所长说。代建平鼓足勇气上前，我下去吧？所长看看他，老虎在一旁介绍，我们小学的代老师，代建平。

所长还没发话呢，代建平已经脱了衬衫、裤子，剩下脖子上的那条鱼，还有下面的红裤衩。有人笑，他说前年本命年，老婆非要我穿红的。

尸体靠着岛，远看像死了人扔的衣服。王畈这里的风俗，人死了，衣服要扔到荒郊野外。老井塘不断有人扔衣服。但衣服外面还有头发，就有点瘆人。老铁第一个发现的，他想趁天暖游到岛上，在麦地里间种花生。支书听说了，过来看了看，站在塘边给派出所打了个电话。

水还有些凉，但没有想象中的刺骨。游到塘中央时，惊起几只鸟。代建平也惊了一下，停了一小会儿。这次他听得清清楚楚，有鸟鸣，还有鸟拍打翅膀的声音。老虎在岸上喊，咋了？抽筋了？代建平挥挥手，继续。

尸体泡胀了，像个充气的假人，发出刺鼻的臭味。边上水草旺盛，岸上的也倒伏下来，像在汲取腐尸的营养。阳光正猛，水面反射的光晃得代建平想吐。

拖着尸体的衣服，代建平向回游。

不要乱动，所长对着他喊。

注意保护现场，老虎也喊，尽量别在尸体上留下你的指纹。

老虎的话提醒了他。他装着冷，停下打了一个喷嚏，手绕着水下的尸体摸了一下，电话线还在。这下子代建平完全清醒过来，他杀了人，不是做梦，尸体现在就在他眼前。

电话线应该是从摩托车上脱钩的。这样好，代建平记得自己没沾过摩托车，没留下什么痕迹。他在水下把电话线绕成圈，手一直捋到线的另一头。快到岸边时，又接连打了几个寒战。

冷吧？支书问。

废话，老铁说，你还不知道？老井塘的水就是夏天也激人啊。

尸臭熏走了一半人。老虎把代建平拉上岸，代建平转身再把尸体拉上来，电话线绕成圈挂在秃头的皮带上。

所长说我车上有毛巾，赶紧擦干穿上衣服，别感冒了。马上有人去取了来，代建平冻得说不出话。所长一边让老虎拉警戒线，一边督促代建平穿上衣服。

这不是那……老铁退后一步。

你认识？所长问。

信用社的，老铁看着支书，那谁，闵庄的？

支书说像。

不是像，就是他。老铁指着地上，你看头发。

老虎说，他家人到所里……

所长瞪他一眼，老虎赶紧住了口。

信用社的？所长转向支书。

以前是，后来没干了。

家在闵庄？所长又问。

嗯，闵庄的，跟隗老师有点亲戚。

隗老师？

隗存德。隗存德做了好多年民师，后来因为计划生育被清退，但老师叫惯口了，改不了。

隗老师姐的婆家侄子，有人补充说。

确定不？所长问。

谁回去叫隗老师过来认一下？支书问。

我有仁川电话，老虎拿出手机，看着所长。

让他赶紧过来，所长说。

老虎这才按了拨出键。

仁川，赶紧到老井塘这儿来一下。

老虎啊，你请我喝酒我也不能去啊，我都几个月没出去了，几十头猪呢，我出去了猪发瘟了就完了。

让你来认个……

问他闵庄他那个老表在家里不,所长在一旁提示。

老虎会意,闵庄那个老表现在在哪发财啊?原来在信用社的那个。

他呀,没见一个多月了,也不跟家里联系,家里人都急死了。

你来老井塘这儿一趟吧。

老井塘?打鱼啊?

打啥鱼啊,有人淹死了!

我老表?

不知道是不是他,这不叫你过来认嘛。

我让我爸过去。马上去。

……

中午放学回去,代廷想说,隗老师的外甥掉老井塘了。来了好几个警车。听说喝了酒骑摩托,栽到老井塘淹死的。

不是外甥,是他姐的婆侄,代建平纠正他。你听谁说喝了酒骑摩托栽塘里了?

人家都这么说。代廷想说,他姐的婆侄不叫外甥叫啥?

不是老虎他们说的?

谁知道,人那么多。

你以后不要见风就是雨。本来还想说别跟个女人一样,又觉得话太重。代建平想让他知道自己的态度,想了一下,没想出合适的语句,摇摇头,这样不好。爸,真不好。

7

第二天中午放学,老铁的小卖部门口一堆人。隗仁川个子高,如鹤立鸡群。解剖听说到后天才能出结果……建平放学了?

嗯，放学了。

那个，啥时候死的知道不？有人问。

警察现在也搞不清。说是查了他的通话记录，最后一个电话是在我家打的，给他儿——他儿在职高上学。

喝了酒的人骑车都快，搞不好就是晕了，冲进老井塘了。

喝了酒身子发热，说不定他是看到老井塘，想下去洗洗澡。

他不知道老井塘深？

咋不知道，他小时候老来这儿。

都说死一个多月了，一个月前恁冷谁洗澡？

众人七嘴八舌。

有人替隗仁川委屈，酒让他喝了，麻烦也招来了。

怪我爸，人家说是路过，顺便过来看看，他非留人家吃饭。幸亏我没法出来……

没问你？有人问。

咋没问，连小宝都问了。隗仁川说，他们怀疑不是淹死的，头上有伤，可能打死后扔塘里的。

也是，有人附和，要是洗澡淹死的，摩托车咋会也在塘里？要是没看清路冲进老井塘，咋会还有根电话线缠身上？

你老表也可怜，死了还被沉进水里。

前儿个谁说听到西边河里有鬼叫唤。

我也听到了，嗷嗷的，扯着嗓子，跟狼一样……

仁川，代建平问，警察是派出所还是县里的？

县里的，刑警队的。

别担心，代建平安慰他，没破案之前，谁都是嫌疑人。

隗仁川咧咧嘴，嗯，我知道，我们小宝都有嫌疑呢。

你是他老表，咋会害他！老铁说。

嗯嗯，隗仁川点头，人家警察心里明镜着呢，明察秋毫，慧眼识珠，还有那啥……对，神机妙算。坏人跑不了，好人冤枉不了。

代建平给他竖大拇指，你也厉害，出口成章。

隗仁川嘴咧得更大。

代建平其实不喜欢这个隗仁川，性格太轴，说话又大又虚，教育孩子也是。特别喜欢听好的，你只要夸他，说他比领袖英明他都敢接受。从北京打几年工回来，"我们北京"就成了他的口头禅，跟代建平岳父喝多了一个样。

吃饭的时候，代廷想说隗老师的外甥是自己淹死的，有人听到摩托车冲进老井塘的水声——夜里安静，落水的扑通声能传到村东头大路上。

喝酒千万别开车，代廷想又说。喝了酒，再快也不觉得快。

代建平揭他，你也没开过车，咋知道恁多？

代廷想讪讪的。

还有残酒不？代建平问。昨天又没睡好，他想喝点儿酒帮助睡眠——上次陪岳父喝罢酒，一夜睡到亮。

一次性杯子倒了小半杯。

该睡觉了，反而比不喝酒还清醒。代建平又去倒了半杯。回房间的时候腿有点飘，胃有点不舒服。怕影响冯燕飞，他把枕头挪到另一头。

迷迷糊糊中，似乎听到冯燕飞问他，是不是这样就好了？

8

周六，代廷想上街买了牛肉芹菜，姣姣想吃牛肉饺子了。回来的时候，说警车又来了，两辆，停在隗老师家门口。还说人是先打死后沉的塘，公安检测出来了。虽然是听说，但无风不起浪，代建平知道。他不想跟父亲聊这个。冰箱清了一层出来，放饺子。剩下的，正好中午吃。

代建平给冯燕飞发短信，天热，饺子不能久放，赶紧回来吃。这两天冯燕飞不太理他，不得不理的时候，也是冷冰冰的。

吃罢饭，代廷想带着姣姣出去了，冯燕飞前后脚也走了，屋里只剩下代建平自己。他在屋里耐不住，也去了东头大路上。

路两边隔不多远就是一张公安局的悬赏告示，A4纸打印。

协查通报

5月14日下午3点半，陡沟镇王畈村东老井塘发现一具尸体，经辨认，死者系陡沟镇闵庄村闵剑锋，男，现年40岁。尸检发现，死者系溺水而亡，生前头部遭钝器打击，死亡时间三十天以上。望知情者积极提供线索，线索致案件破获者，奖人民币伍万元，并对提供线索者严格保密。

举报电话：110。

沿淮县公安局刑警大队
2008年5月18日

警车是半晚上走的，隗老师、仁川、黑妞都被拉走了。

黑妞是隗仁川的老婆。隗仁川因为性子犟，家境又不好，三十一岁才成家。他跟媒人讲，条件差的不要，绝对不能将就。条件好的也不要,不愿人家受委屈。端到二十六——搁王畈,二十六岁绝对是大龄青年了——又加了一条,二婚的不要。三十岁还一样,差的不要,好的也不要。见到黑妞,正好,不差也不好。但黑妞是寡妇,前夫卖菜回来,下陡沟那个长坡时大撒把,车子压到一块碎砖头,车把一歪,刺穿心脏,当场就死了,撇下一个儿子。寡妇不愁嫁,但黑妞想带着儿子走,公婆死活不愿意。熬了几年,正好遇到隗仁川,第二年就生了小宝。

小宝呢,代建平问,也带走了?

老铁说刚刚小宝还在他这儿,傻了一样,问啥都不吭声。可能是吓着了。

代建平去了小宝家,当门桌子上摆满了一次性水杯,一盒烟空了一半。代建平喊一声,小宝从里面打开房门,动画片的声音涌出来。

你爸呢?

坐车走了。

你妈你爷都去了?

嗯。

晌午饭吃没?

吃了,我妈做的。

走吧,天黑了,上老师家吃饺子。

我看电视,小宝说。

去我那儿看,跟姣姣妹妹一起看。

代建平毕竟是老师,小宝没敢犟。

回到家,姣姣正好在看电视。代建平嘱咐代廷想,晚上给小宝下饺子。

晚饭吃早了，院子里光线虽然暗了，但西天还能看到彩霞。小宝跟姣姣很快熟了，看完动画片一会儿领她钻院子里的草垛，一会儿绕着大枣树转圈。单调的游戏，两个小孩儿乐此不疲。姣姣是女孩子，平时文静惯了，难得这么疯。

代廷想跟代建平的感觉一样。姣姣四岁了。

代廷想觉得代建平没听明白他的意思，又说，咱家两代单传了。

代建平仍面无表情。

男孩儿跟女孩儿不一样，热闹。代廷想讪讪的，自言自语。

代建平其实也想生，他是老师，公职人员，不要工作了？

天黑了又回去看电视。姣姣很快在代建平怀里睡着了，小宝不睡。代廷想要抱他，他不愿意。代廷想问他几岁了，他说十岁。代建平纠正他，九岁，九周岁。

小宝不愿在代建平家里睡，要回去。代建平打隗仁川的手机，关机。代廷想指着墙上的号码，让他再打隗老师的。也是关机。代廷想说，兴许晚了，没车了。小宝还是要回去，说妈妈在屋里。代建平牵着他摸到东头，隗老师家里黑漆漆的，人还没回来。小宝嘤嘤哭起来。代建平安慰他，黑了没车了，爸爸妈妈明天早晨肯定回来。

刚哄小宝睡下，外面有人推院门。代建平出来，是隗仁川、黑妞。让你受劳了兄弟，仁川的声音抖得厉害。黑妞不说话，进到屋里抱起小宝就哭。仁川说警察怀疑他爸作案，闵剑锋老婆说闵剑锋临走时说是出去要账。他爸有作案动机，想赖掉那五万块钱。黑妞在一旁咒骂，死老头子，咋恁糊涂呢，就为五万块钱？代建平拿头天的话安慰她，真凶没找到之前我们都是嫌疑人。不用担心。仁川说我们相信国家，相信公安，法网恢恢，疏而不漏……

9

第二天上午，警车又来带走了隗仁川。

代建平放学回来拐到隗家，一屋人，坐着的，站着的。黑妞眼睛红着，像是哭干了眼泪。老铁的老婆也是才过来，问，仁川不是过罢堂了吗？

有人替黑妞答，公安说是有对不上的地方，再问问。

老铁的老婆眼睛扫了一下众人，建平，你是老师，记性好，你说说你二十天前都做过啥？别说一个月了。

黑妞听到这话，也看代建平。

代建平摆手，还真说不清。

十天前还差不多，有个抱着孩子的年轻女人看看墙上的日历说。今儿个是十五，十天前初五，陡沟逢集。隔了四个集，我想想那天我有没有去赶集……

你能想出来赶集都逛了哪些店不？见到过谁？老铁的老婆问。

看到年轻女人摇头，黑妞脸上亮了一下，旋即又暗下去——公安能不清楚这个？

……

代建平下午在办公室问，谁能说清自己14号那天都做过啥？

张校长问，14号是哪一天？

东边老井塘发现尸体那天，代建平提醒说。

张校长说他上午好像在中心校开会，下午一直在学校。朱老师说他上午在学校，下午请假了，感冒，第二天才听说那事。教二年级语文的女老师说，我来学校的路上看到人都朝东坡赶，还以为是王畈死了人……

哦，想起来了，开会是第二天的事，会上好几个人还问过我这事，张校长纠正说。

代建平问朱老师，感冒没出去？

到诊所打了一针。

代建平又问，碰到谁了？

朱老师想了想，咱学校二年级一个女孩，也感冒了。还有我舅，说是嗓子疼。

诊所就他们两个？

不止，朱老师说，其他想不起来了。

五天，14号到19号满打满算才五天。记忆也不可靠，代建平说，警察怎么能凭记忆断案？

代建平却清楚地记得四十多天前的事。那天下午放学的时候他听小宝跟同学说他闵庄的表叔来了；吃过饭他和老婆温存了一番，想想不对，又起来，准备去教训教训那个秃子，犹豫再三，到底没进门；转回去后终觉不甘心，拿了把铁锨到老井塘那儿等；秃子摔到老井塘里，死不认错，他拍了他两铁锨；最后连人带车一块沉进老井塘……

隔了一天隗老师才回来，代建平听来上学的小宝说的，头天晚上回来的。代建平顾不上请假，借了辆电动车就朝隗老师家跑。

刘罗锅隗仁娥也赶过来了。隗仁娥因为婚事给隗家丢了脸，不受隗老师待见，平时来往少。男人是罗锅，正好也姓刘，年轻时走街串巷给人照相，勾上了她。那时候隗老师老婆还活着，指着刘罗锅骂他。隗仁娥奉子成婚，隗老师更是觉得没脸。第一年给新女婿回年，隗老师不愿登刘家大门，派了半大孩子隗仁川做代表。两家关系从此紧张，逢年过节虽有走动，但都是形式上的，亲不起来。这次他们过来，明显也受到了惊吓。

代建平站了半小时，从隗老师断断续续的叙述中理清了头绪。

先怀疑我，我咋会杀人呢？活生生的人，还是亲戚，我咋再见那边的亲戚？我也不知道在那儿熬了几天，反正没日没夜的，警察说不是我就是小宝他爸，反正是我们隗家的人。我说小宝他爸整天都在猪场，怕出来带进去猪瘟，咋会是他？他又不知道人家啥时候走的。警察说他都招了我还嘴硬，我们三个一起吃的晚饭，我包庇他，不承认，硬说饭桌上只有我们俩，反正死无对证……

隗老师好像一下子老了十岁，头发白了一半。黑妞哭多了，嗓子哑了，只有满脸的泪。几个女人拉着她的胳膊，劝她想开点，小宝还小。

第二天周六，岳父过生日。没有请其他人。本来中午吃罢饭就该散的，岳父觉得不尽兴，又支起麻将桌。热闹罢，天色已晚，屋里住不下这么多人，代建平说他们回去，反正近。姣姣睡了，岳父让他们先回，明儿个他再送姣姣。

代建平喝了酒，电动车冯燕飞骑着。过了陡沟，路就好了。

建平，冯燕飞慢下来，没发现你这么阴暗。

什么意思？

自从发现闵剑锋死，你就很高兴。

我高兴？我哪儿高兴了？

天天喝酒还不高兴？你以前喝吗？是不是想用喝酒庆祝？

喊！我一点儿也不比先前高兴。不过，说实在的，我也不难过。

冯燕飞有一会儿没吭声。代建平来了劲，哦，他偷我女人，他死了我还难过，我就那么贱？！

你敢说你不恨他？冯燕飞问。

恨。当然。

也恨我。

代建平搂住她的腰，恨过，后来就不恨了。

为啥？

不为啥。你想啊，你被骗了，我不恨骗子恨你，我不是有病吗？

理是对的。

我原谅你，你年轻、单纯，不知道人心险恶。人都是要走弯路的，知道错了就折回来，只要不死犟着一直走下去。

知道不，我开始还怀疑是你。

是我什么？

弄死闵剑锋啊。

怀疑是我干的？

后来我觉得不至于，你要真有那么狠就好了。

我是咒过他死，也想过教训他一顿。说实话，他死了我真没感觉多高兴。

那你老喝酒？

睡不着啊，老失眠。

咋会睡不着？

代建平盼黑夜，就像单身时盼女人一样。黑夜真的来了，他又害怕，怕自己像辜负女人一样也辜负了黑夜。他对黑夜真是又爱又恨，这也导致他愈加难以入睡。

是不是想鲁艳青了？

别说傻话。

冯燕飞另一只手捂在代建平搂她的手上。

活人跟死人比啥。

失眠多长时间了？

我想想，十来天了吧。代建平没敢说实话。

你咋一直不说？

说出来有啥用？尽让你瞎操心。

我不操你的心还操谁的心？

你好好打你的牌，只要打牌让你开心。

冯燕飞停下电动车，扭过头。真的？你再说一遍。

代建平蒙了。

你刚才说啥？再说一遍，我没听清。

没说啥啊。你好好打牌，只要打牌让你开心。

谢谢老公！冯燕飞亲了他一下，笑，嗯，我就是想再听你说一遍。

10

隔一天，冯燕飞说我问了阴阳仙，你失眠是因为冲撞了死人。

我怎么冲撞了他？

谁让你动他。

我不动他人家咋破案？

又不是你的事。

代建平没接话,怕她又说人家死了他高兴的话。

给他烧叶纸,阴阳仙的方子。

我不信那一套。迷信。

你就试试呗。

咋试?

给你冲撞的人烧烧纸,许许。

许什么?

许你不失眠啊。

代建平喊了一声,能许好要医院还有啥用?

不一样,你这不是冲撞了人家阴界的人嘛。又费不了啥,纸我都买好了。

房门后果然堆着捆火纸。

去哪儿许?代建平口气缓和下来,毕竟,人家是为他好。

你在哪儿冲撞的人家在哪儿许。

啥时候?

啥时辰冲撞的啥时辰许。

好吧,代建平想,冯燕飞都准备好了,死马当活马医。

又一想,不对。不能上午去。

为啥?你不是说你半晌午过去的吗?

真正的时辰当然不能说。我堂堂一个老师,天天在课堂上讲不要迷信,要科学,你让我大庭广众之下去给一个外人烧纸许愿?

冯燕飞也退一步,那,你说啥时候?

晚上,天黑以后。

第二天吃罢晚饭,约莫时候差不多了,代建平推出自己的自行车要走，冯燕飞让他骑电动车，带上她。坡地里野，两个人一起，能壮胆。

来福在后面撵。代建平停下车，呵斥它回去。冯燕飞小声说，带上它吧，都说鬼怕狗。代建平想想也是，即使鬼不怕它，一个活物跟着也能壮壮胆。

还是那样的天，黑漆漆的，没有月亮，星星也少。代建平心里算了算，农历二十八，下弦月，怪不得。他还记得秃头落水的地方，一丛灌木蓬勃地斜扎在塘边。奇怪的是，一路上都没叫一声的来福，到了老井塘，却对着那丛灌木"汪汪"叫了两声。

水边小蠓虫多，代建平码纸的过程中，不断被叮咬。胡乱打了几下，脸都打疼了也未打中虫子。

虫子怕火，冯燕飞在一旁提醒。

代建平掏出火机，开始烧纸。

咋不跪啊？

跪长辈，秃头算老几？代建平心里说。

哪有烧纸不跪的？冯燕飞又说，死者为大。你跟他一个……死人两个字没说出来。

也是。代建平勉强跪下。

跪都跪了，干脆磕几个头吧。心里许道，秃头，不，闵剑锋，你知道，我可不是故意的。最多算失手。现在说啥都晚了。原谅我吧，别再缠我了……

纸快烧尽了，冯燕飞也过来跪下。老闵，你人不在了，我也不怪你了，求你看在我的面子上，放过我老公，保佑我们平平安安……

11

沿淮县公安局关于侦破老井塘沉尸案的公告

　　5月14日下午3点半,我县陡沟镇王畈村东老井塘发现邻近闵庄村闵某锋(40岁)尸体。我县公安局党组非常重视,当天晚上即成立以局长周天明任组长、刑警队长汪世杰任副组长的专案组。经过专案组民警认真走访调查、勘验、检查和查缉堵截,发现陡沟镇王畈村村民隗某川(40岁)有重大作案嫌疑,办案民警立即对其架网布控追缉堵截,成功将犯罪嫌疑人隗某川抓获归案。经审讯,犯罪嫌疑人隗某川对其想赖掉债务引发杀机、在闵某某酒后归家途中设下埋伏、逼停闵某某摩托车、用铁锹拍其头部致其昏迷后又将尸体沉入深塘中妄图藏尸灭迹的犯罪事实供认不讳。

　　法网恢恢,疏而不漏。目前,犯罪嫌疑人隗某川已被依法逮捕,案件正在进一步审查中。

沿淮县公安局

2008年6月2日

12

冯燕飞还想出去打工，去县城，正好她爹的一个朋友开了家酒店，缺服务员。代建平问，你知道几样菜名？冯燕飞问，啥菜我不知道？代建平说，你说粉条炒萝卜叫啥？冯燕飞知道里面有弯，想了想，说，萝卜多了叫萝卜炒粉条，粉条多了叫粉条炒萝卜。代建平喊了一声，蚂蚁上树。老鳖焖鸡叫啥？冯燕飞得了教训不愿再猜，说人家会培训的。代建平说，霸王别姬，不知道吧？你啥也不知道，别去出丑了。代建平还讲了个笑话，有一次在县城吃饭，服务员可能刚在家里拔了花生过来，指甲盖里的泥还没洗净。问她菜名，说不上来，只说好吃。再上一道，还是好吃……冯燕飞打断他，我不能老在家里吃闲饭啊！代建平说咱在这儿吃喝不用愁，也就买衣服花点钱，我的工资够咱用了。因为有之前在深圳打工的丑闻，冯燕飞没再坚持。

某日吃过早饭，代廷想说，一会儿你跟我一块去看看你隗老师。

是该去看看，代建平说。下午吧，昨天晚上张校长通知上午开会。

暑假开啥会？不耽误，坐一会儿就回来，下午哪兴串亲戚。早该去了，就等过罢七月半儿（七月半儿是鬼节，不兴串亲戚）。

家里还有一箱牛奶，代建平提着。刚下了场雨，他们绕道邱湾前面的正路，虽也泥泞，但早已被踩踏结实，不焊人。一跐一滑走到大路上，两人都出了一身汗，代建平问，再买点啥？

代廷想说不用，乡里乡亲的，不空手是个意思就好，多了，反而见外。

隗仁娥开的门。隗老师坐在当门，光着上身，肋骨像刚翻犁过的田地。

还没吃饭？代廷想问。

吃了。隗仁娥给他们掸椅子上的灰，让你们记挂。

小宝呢？代建平问。

跟他妈在猪场住。

三个人都坐下来。代廷想陪着隗老师抽烟，一支烟抽了一小半，受不了那苦，掐了。代建平没经过这事，不知道该怎么安慰人。

命，隗老师说，命里该有这一劫。

代建平说，还没最后宣判，兴许警察弄错了呢。

他自己都认了，隗老师叹气。咋会杀人呢？就为五万块钱……

都有糊涂的时候，代廷想说。

糊涂得也太狠了，隗老师吐一口浓烟出来。

宣判之前，代建平又说，仁川还不算罪犯，还有无罪释放的可能。

你以为是烧一个麦草垛啊，代廷想白他一眼。

代建平六七岁时烧过稻场里的麦草垛。派出所来人了，骑着三轮摩托车，戴着大盖帽，腰里还别着枪。代建平吓得觳觫不已。那时候麦草垛还是家家户户一年的柴火，要紧着哩。代廷想打了他一顿，赔了人家一笔钱。后来想起来，说他要不说出来就好了，谁也不知道。代建平心想，他那么小，哪里顶得住？

隗老师说，你们别不信，小宝他爸有这一出真是命——老铁的娘不从闵庄嫁过来，她不给小宝姑奶保媒，能有这事儿？

代建平知道他的意思，老铁的娘要不从闵庄嫁过来就不会认识小宝的姑奶，不认识小宝姑奶就不会把她介绍到闵庄，小宝的姑奶不嫁到闵庄隗仁川就不会认识闵剑锋，不认识闵剑锋咋会有这事？

廷想兄弟，咱就是提前知道有这一出，外甥来了能不留他吃饭？隗老师说，他回去一说，咱还有脸出去见人？

存德，人都得往前看。

我没脸出门啊廷想兄弟，隗老师说，我这样咋有脸出门哦。

他是他，你是你。代廷想说。

我就是想不明白，他咋会因为五万块钱杀人。

谁没个犯傻的时候呢？

这倒是真的，代建平心想，我怎么就犯傻了呢？拿铁锨拍一个人的脑瓜子不傻吗？

还是他老表！隗老师低头瞅着地上的烟头，他们俩一般大，小时候老在一起玩。

他不是我老表，代建平捧住自己的头，可他也是一个大活人啊。

存德——，代廷想唤了他一声，似乎想通过这种呼唤安慰他。

命，这都是命。我咋养了这么个儿子啊。

代廷想替他从烟盒里抽了一支烟出来，递过去。

想想人家爹娘人家老婆孩子，判他多少年都不亏。突然想起来没上茶水，隗老师摇摇暖瓶，空的，喊隗仁娥去当院接了水回来烧。

别想恁多，咱老了，他们的路他们自己走，怨不得咱们。

隗老师说，看看你家建平，多好，当个老师，本本分分的，还体面。我，我对不起给我起这名字的爹娘啊。

代建平手足无措，隗老师……

隗老师眼角鼓出两泡泪。

又有人来。代廷想站起来，建平还要去学校开会。

走到门口，代建平又折回去，拉住隗老师的胳膊，说不定仁川哥是被冤枉的……

隗老师还是叹气，人家公安跟咱没冤没仇的，冤枉咱一个老百姓做啥？

隗老师拉住代建平的手，建平啊，你在外面见多识广，你说说看，那截电话线明明是我从院里的废电话线上截下来给他绑蛇皮袋用的，我记得清清楚楚，公安咋能说是小宝他爸提前准备好的？还有，我给小宝他爸打电话说外甥要走了，他当时还在猪场。外甥骑的是摩托，他得跑多快才能跑到老井塘堵住他啊……

隗老师，你跟警察说啊。

我说了啊，我见人就说，人家不听。

从隗老师家出来，代廷想还在西屋山头等着。爸，你说警察有没有可能搞错了？为五万块钱，就杀自己老表？

别瞎说，这事，哪能随便赖给谁？

到了学校，一夏没人踩踏，杂草从砖头缝里长出好高，校园活像荒了的野地。王畈小学九个老师，来了六个，两个没在家，有一个正在往学校赶。桌子上哪个班的作文本忘记发下去了，张校长翻了一会儿，兀自笑了。"今天阳光灿烂，我奶奶死了。"一屋人听了，都笑。

代建平并不觉得好笑。学生写的可能是事实，人死还能选一个阴天？他当年口头作文不也说过"我的妈妈是个女的"？

老师们七嘴八舌，吐槽自己学生的作文。

有个学生写《我的老师》：远看像个大姐姐，近看也像个大姐姐。

人家那是夸你呢，巴结你。

有个学生为了凑够字数，整篇都是狗"嗷""嗷嗷"地叫。

……

人齐了，张校长说咱开会，晚了太热。也没啥大事，教师节镇里要表彰老师，今年给咱分了一个指标。大家提提，看谁合适。

有老师提校长。也不算拍马屁，校长没有一分钱补贴，既要上课又要管理整个学校，表彰一下不过分。代建平在王畈小学干了十几年，乡优秀教师几乎都是校长的——也不是每个校长都被表彰过，一个村小三五年才迎来一个表彰指标，有的校长只干了两三年，在任期间没轮到指标。

张校长跟以前的校长不一样，他说我不要这个，给还没晋级的吧。

代建平提朱老师。朱老师四十四岁了，小教高级还没晋——晋级优秀教师能加五分。

没人应和。

张校长吭了一声，说我提一个吧，不行的话大家就投票。代老师大家也都看到了，课教得好，考过咱全乡第三、第四，上次全镇老师大比武他还拿了第二名……

代建平说我也用不上啊。

我们也不能老拿用不用得上当标准，张校长说，那样就起不到表彰的作用了。

大家附和。

那就定了。散会。

有老师惊讶，校长，就这事儿啊？

这事不值得开会？张校长也惊讶。我一个人定了，不好。

13

朱老师打电话让代建平去吃饭。

朱老师最早就在王畈小学，后来跟校长搁不住，被赶到闵庄。三年前从中心小学调回来，说是因为不好好教课，经常让学生自习。朱老师平时比张校长还抠，有一个他的段子，说某日老表上门，朱老师头一句话就是"吃了饭来的吧？多见外"。老表不好意思，只能顺着说是的……段子多有添油加醋的成分，但同事几年，代建平还真没听说他请过谁吃饭。代建平不想去，并不因为这个，他跟他接触不多，没因没由的，无功不受禄。但朱老师电话里说得恳切，来吧，你嫂子准备一上午了。我今年喂了二十七只小鸡，现在正吃。快来快来……

上了大路，老铁门口又围了一堆人。走近了，听到老虎正跟人讲隗仁川的案子。警察耳朵多尖啊，三句两句就听出破绽了……

代建平停下，隗老师说那电话线明明是他从屋里剪下来绑蛇皮袋的，警察咋能说是仁川早就准备好的呢？

老虎哼了一声，哪有爹不护儿的？

代建平被问住，但并没被说服。想着跟老虎这样的人也说不清，手上一加油门，走了。

罗湾也在河边，离王畈两公里左右，离街不到一公里。朱老师在大路上等着，见代建平电动车踏板上还带了两箱礼品，怪他客气。越往村里走，草越深。路过的房子不是砖头封了门就是废掉了，比王畈还荒。代建平问，有没有蛇啊？朱老师笑，挖地三尺都有农药，蛇还有活路？也是，代建平说，有蛇说明环境好了。

朱老师的外孙女跟小宝差不多年龄，站在院门口等他们。朱老师一儿一女，女儿在外面打工，嫁到湖北。儿子今年大学毕业，刚刚应聘到省水利厅下属的一家企业。

房子有些年头了，红砖，楼板上面加了一层镂空的隔热层。进屋的时候，差点崴着脚——屋里比外面低了一个脚面。砖铺的地平，没有抹水泥，高低不平。房子倒很宽敞，三间，中间客厅，东边靠墙摆着一张小桌子，上面散乱放着一套茶具，茶垢深浅不一。另一边摆着张大些的饭桌，桌子上已经摆好两个人的碗筷，三个凉菜——黄瓜变蛋，油炸花生米，卤牛肉。代建平说自己人，别见外，让嫂子和外孙女过来一起吃。朱老师说不用管她们，那边留的有菜。话音没落，又上来三个热菜，小炒鸡、鱼、千张。朱老师说鱼是野鱼，淮河里的——正好上午碰到了打鱼的。

两个人都不擅喝酒，半瓶没完，话就多起来。

朱老师说，直说吧，上次开会我不在，能不能把你的优秀教师让给我。

代建平说好啊，上次我就提你，反正我也用不上。

这么爽快？朱老师给自己倒了一满杯，给代建平也倒满。来，哥敬你！

朱老师电话响。手机不隔音，代建平听到对方语气粗鄙，好像是要什么医疗费，还有误工补助，朱老师几乎插不上嘴。嫂子也过来了，让朱老师出去，到大路上说。

嫂子坐了朱老师的座，先喝一杯，敬代建平。说老朱老是念叨你人好，还有才。

哪有。代建平不知道该跟她说什么，只有一杯接一杯地喝酒。

忽听外面呼的一声，什么东西飞至院当中。代建平跟着嫂子出去察看，一个大蛇皮袋——几张蛇皮袋并排缝在一起。嫂子拾起来，盖在杂物棚里的电动车上。代建平注意到电动车好大，后面的座位还被加宽了。车座上搭了顶大篷，足够遮阳避雨。代建平下意识地问，这车驮东西？嫂子点头，拉客，比你们当老师挣得多，好的时候一天能拉一两百。见他有些懵懂，嫂子赶紧解释，咱街上还没通乡里的车，你哥瞅着有钱赚，就买了这辆车。夏天生意长，挨晚上我回来换你哥……

代建平很惊讶，朱老师瞒得紧啊。

他嫌丢人，嫂子笑。又不是偷人，丢啥人？

头上星月黯淡，起风了。朱老师回来了，代建平告辞。要下雨了，我也该回去了。谢谢您和嫂子！

朱老师握着他的手，拜托！

代建平说我只有一个要求。

朱老师说你说，你只管说。

能不能废除你班上让学生互相揭发的政策？

朱老师愣在那儿。

谁举报其他同学犯错，自己犯错时可以免予一次处罚，这是朱老师引以为豪的治班策略。办公室里有几个老师支持他，说朱老师班里的学生因此顺服得多。代建平极力反对，教育的目的不是把学生训服帖。

好啊，朱老师讪讪的。

朱老师，我有点冒昧了。

哪里，听你的。

我觉得咱不能再回到过去，让父子互相揭发、夫妻互相揭发……

我明儿个就废掉，朱老师说。

代建平撇下他，跨上电动车，打开灯，循着光亮前行。

优秀教师没让出来，镇里已经打印好表册，做好了奖章，没法再改。因为事迹突出，代建平还要作为优秀教师代表上台发言。会前两天，镇政府要发言稿，代建平说姣姣这几天发烧，顾不上写，到时候随便说几句就行了。张校长说我已经替你写好，复印了一份，交了。

教师节当天，学校院墙外贴满了尊师重教之类的标语，中心校也是。代建平跟张校长说，这标语得学校之外的人写才算尊师重教，我们自己喊有什么用？……张校长嘘了一声，优秀教师，注意身份。

张校长的发言稿他只看了前几句，"在这美好的日子里，天高云淡，金风送爽，丹桂飘香。秋天不仅有收获的幸福，更意味着耕耘的甜蜜，不仅有饱满的果实，更意味着深情的祝福……"代建平现在特别不喜欢过于文艺过于励志的话，成年人嘛，要务实。感谢之后，代建平谈了自己如何才能不辱优秀教师的称号。全场还没反应过来呢，发言就结束了。

14

代廷想赶集回来,说仁川的案子是老虎办的。代建平笑,他自己说的?代廷想说是。代建平喊一声,老虎那嘴你还不知道?"三鹿奶粉"案要在咱这儿,也会是他办的。代廷想没先前硬气了,老虎说他当时力排众议,坚持认为是隗仁川作的案。还说隗仁川从小就心狠手辣,上学时曾经把蛇放讲台上吓老师……这倒是真的,代建平知道这事。不过,蛇已经被隗仁川拔了芯子,但还是把老师吓晕了。代建平说,杀人案算大案,刑警队负责,咋会轮到他一个派出所的小协警?代廷想突然看到矮矮的树桩,谁给玉兰锯了?

冯燕飞也看到了,说怪不得老感觉院子比以前空。

白天遮光,晚上瘆人。代建平语气平淡。

过罢年可以移到猪圈那儿,代廷想说。

等不及。

一棵树,代廷想问,瘆啥人?

吃罢早饭,代建平躺床上看书,偶一抬头,瞥见敞开的窗户上映着初升的太阳,一屋子金灿灿的黄铜色,大骇。太魔幻了。他又想起那个晚上,玉兰树影,还有树叶六神无主的碰撞声。反正闲着没事,找到锯子,贴着地平锯了。

中午饭的时候,冯燕飞说马上就"十一"了,我跟咱爸预定了他的车,让你们见识一下我的技术。咱去嵖岈山吧?

你还在实习期,中吗?代建平笑。

咋不中?不上高速没事儿。

你们去吧,我得去武汉,给隗老师押车。

押啥车？

卖猪。

改天不中吗？

隗老师拖不起了，饲料又涨，得赶紧出栏。

猪市行情不好，代建平帮隗老师联系了一个在武汉某区食品厂工作的高中同学，定好1号送过去。

三十四头猪，装了一上午，正好一车。刘罗锅隗仁娥也来帮忙。黑妞早做好了午饭，卤面条，油多肉多，代建平喝了两碗番茄鸡蛋汤。本来说好代建平和隗老师去的，黑妞却早早坐上车占了一个位。驾驶室只能坐三个人，代建平说也好，我就不用去了，反正那边已经跟人联系好了。隗老师说不好，你得去，你的熟人，万一有啥节外生枝的事，熟人好说话。黑妞身子朝里面让了让，说挤挤吧，四个人挤得下。司机不同意，路上到处是交警，罚款你交？隗老师低头看着脚，李女子（王畈这里长辈称呼嫁过来的媳妇都是女子，前面加上姓）就别去了，小宝得有人带。晚上就回来了，空车不怕摸黑。黑妞不太情愿，悻悻下车，多一个人，多一份力。代建平情知她是不想让卖猪款落到公公手里，又不能挑明，站在一边左右不是。

按说隗老师也不该去，年纪大了，经不起折腾。刘罗锅去一样，回来钱不还是交给他？但刘罗锅没敢吭声，他也看出了端倪，隗老师不怕折腾。

出门就不顺。车到陡沟街上，挂了人家搭在路边的遮阳棚。老人拦着不让走，非要赔个新的。僵持不下时，又过来一个年轻人，隗老师看着面熟，想不起来在哪儿见过。年轻人气盛，说不赔新的也中，拿一百块钱吧。代建平说隗老师也不容易，家里出事了，五十，中不？老人说五十就五十吧，又不是多远的人。年轻人没有先前气盛了，说你们不能欺侮人家老年人，买个新棚也得七八十。又问，你们哪儿的？老人替他们答，南边王畈的。年轻人又瞅了瞅隗老师，挥挥手，走吧走吧。

回到车上隗老师才想起来，年轻人是黑妞的儿子，大毛。大毛身边虽然没有父母，人却霸道。小学课堂上，老师让用"有的……有的……"造句，他见来听课的老师多，疯劲上来了，脸朝后瞪着同学，不让人家举手。老师只好点他。"我们班同学，有的有蛋，有的没蛋。"全班哄堂大笑，老师也傻在那儿。磕磕绊绊上到初中，整天与街上的痞子混在一起，小学没上完就下了学。去过王畈几回，说话呛人，黑妞也不待见他。

没有走高速，省一点是一点。车上无聊，代建平说，隗老师，我爸说你种姜特别厉害，年轻的时候当过万元户，上过广播。

隗老师说，姜这东西跟大门户的小姐一样，难伺候，得有耐心。

确实难伺候，冬天开始暖姜芽子，把一堆姜封在一起，下面生炭火，加温。隗老师是暖姜芽子的行家，这也是他没当民办教师后大家仍然叫他老师的原因之一。暖出姜芽子后，切分开，一芽一块。然后下种。姜苗长到五十厘米时要搭姜棚，防晒。伏天还得钻棚里除草……代建平说，我爸说你种的姜每年都比人家的长势好。有一年，村里的姜发瘟，唯独你们家的姜没事。

隗老师哦了一声，八三年。那几年姜一直不太好，一片一片地死，我就想着挪到东坡试试——庄稼老是重茬不好。他们都不愿挪，西坡地肥嘛。东坡地薄点，收成低——再低也比死了强。

你也不光是会种，预测能力也强。

啥预测？瞎猫撞个死老鼠。

我爸说你能提前预测第二年的姜价。

隗老师笑，一年贵一年贱，哪用预测？头一年贵了，第二年一窝蜂扩大种植，价格不下来才怪。

代建平说，你老是反着来，结果挣了大钱。

隗老师笑，哪有啥大钱？你见咱王畈谁靠种地发了财？

隗老师养猪也是能手。过去猪圈是王畈每家的标配，人多的养两头，年底杀了，卖一半留一半。后来兴打工了，年轻人走光了，剩下老的老少的少，猪就没办法养了。隗老师没停，杀猪的时候一算账，乖乖，比种地划算多了。一亩小麦除了种子化肥机械，最多挣三百块钱，年成不好时还赔钱。隗老师就把东坡的秧田毁了，搭了一排棚子，一下子养了八九头。后来又增加到十几头，二十几头……隗仁川尝到甜头，才没再去北京。

快到黄陂的时候，车在一处山坡处停下加油。可能发动机没声音了，也可能是突然静下来猪有点惊恐，一齐嗷嗷叫起来。隗老师怕猪耐不住热，朝车上喷水降温。上车之前发现后排一头猪蔫蔫地卧在那里，不起来也不叫唤，他不放心，过去吼了一声，没反应。找司机要了钥匙，打开栅栏正要伸手拍打，那猪却一跃而起，狗一样跳了下来。代建平听到动静，已经晚了，猪已经冲出加油站。隗老师怕它朝山上跑——山上到处都是树和灌木，进了山就有去无回——飞奔过去堵截。猪在路边犹豫了一下，只好穿过大路。代建平冲上去，手几乎够得着猪屁股了，猪也朝前一冲，跌到路边的长斜坡上，没稳住，翻滚着下去了。代建平跟下去，猪瘫在地上，长一声短一声地呻吟，嗷不出来。隗老师也下来,两个人一步一歇,废了好大劲才抬上车。

车重新上路。隗老师叹气,这一摔不要紧,少卖几百块。

代建平听出其中的责怪,说怪我,太急。

司机笑,隗老师还得谢你哟,你要不追上去,猪跑进山里,连个毛儿也得不到。

隗老师不好意思,清了下喉咙,那是,好歹还能卖点钱。

开到食品厂,已近晚上八点,同学还在厂里等着。摔瘫的猪已经死了,放不出血。同学说,反正没死多久,争取按活猪收。

领了钱,同学带他们出去吃饭。看着一大桌菜,隗老师面有难色。同学看出来了,说是和代建平快十几年没见,这顿饭他请。隗老师先还不好意思,两杯酒下肚,脸上便掩饰不住放下心来的快慰。

同学留他,正好放假,明天可以陪他们去长江大桥,去黄鹤楼,去户部巷……代建平出门不多,又不舍得花钱出来旅游,武汉还是第一次来,有些心动。司机也乐意,人家花钱,明儿晚上玩好后连夜赶回也不误事。隗老师坚持要回,答应好明儿个还人家饲料款、防疫款,钱在身上跑东跑西也不安全。同学说,要不,你们先走一步,代建平留下?隗老师虽答应了,声音却低了八度,满是无奈。带那么多钱,确实不安全。代建平想到隗仁川,要是隗仁川好好的,也不至于让隗老师上阵,转脸就跟同学说,下次吧,下次我带你弟妹来玩。

15

　　腊月过半,走村串乡卖年货的小贩格外多。鱼、牛羊肉、红薯粉、汤圆、蘑菇,还有春联,家门口都能买到。代建平放学回来,老铁门口有卖辣椒面的,红通通的辣椒,现磨现卖。代建平不喜欢吃辣,但做鱼不放点辣有腥味,炖羊肉放点辣能去膻味,饺馅里面也少不了……平日为自己买,过年既为自己也为来客,平日不喜欢的也要买一点。代建平跟小贩说,你咋不提前磨好呢,也不用等了。老铁替小贩答,提前磨好你又怕人家掺假。还是现磨现卖好,放心。小贩也说,也不怨你们,主要是假东西太多了,防不胜防。代建平说大城市酒店的操作间都是透明的,吃饭的客人可以看着厨师炒菜。还有卖牛奶的,听说有的地方直接把奶牛拉到街上,现挤现卖。

　　有人看到隗老师跟黑妞从北边过来。老铁小声说,仁川的案子今儿个宣判。

　　隗老师回来了,代建平跟他打招呼。

　　隗老师嗯了一声,走了。

　　黑妞趁机也停下买了些。代建平将自己刚买的辣椒面塞到她手里,嫂子,我不喜欢辣,你拿去用吧。

　　李女子,老铁的老婆问,见到仁川了?

　　见到了,黑妞说。

　　咋说?老铁的老婆追问。

　　离得远远的,人家不让靠近。

　　啥样?瘦了没?

　　能不瘦?把谁关到小黑屋里几个月也得瘦十几斤。老铁说。

头发都白了，黑妞说着说着眼睛就红了。

判了？代建平问。

判了，黑妞说，无期。

无期？老铁的老婆惊了一下。

代建平说无期一般都会改成二十年十五年。

黑妞眼角落下一行泪，十五年我也快六十了。

晚饭桌上，代建平说仁川判了，无期。代廷想说还好，没让他一命抵一命。顿了顿又说，在里面关一辈子也不是啥好事。代建平知道他的意思是该，那是他应得的。冯燕飞说，黑妞命苦，第一个男人死了，这个男人又坐牢。代廷想说，她还能在这儿守着？不守，小宝咋办？冯燕飞说，一把年纪了，她还能折腾几年？

还没收碗，朱老师来了。电动车推进来，踏板上放了一个蛇皮袋，里面的东西支棱着袋子。过年了，我来看看叔叔。

代建平说客气什么啊，自己人。朱老师说不客气，早该来了。代廷想在一旁说，朱老师没来过，我去炒两个菜，咱们喝几杯。朱老师赶紧拦住，叔别客气，我也是刚放下碗。

代建平知道朱老师也喜欢喝茶，说话间烧好一壶水。

朱老师端起茶杯，说不错，茶汤好，色泽匀称，应该是好茶。品了一口，又赞，果然，好醇厚的香味。

冯燕飞从没喝过茶，听了这话，也来凑热闹，我尝尝。抿了一口，皱着眉头咽下。涩，有点像啤酒。

茶是谢小凤给的，普洱熟茶。茶具也是她给的，说是出去开会人家送的。代建平胃不好，多喝熟茶，暖胃。

你好好品品，朱老师对冯燕飞说，茶讲后味，回味。

代建平也说，中国文化最典型的体现之一就是茶。

冯燕飞笑，一杯茶，还文化了。

可不是，朱老师说。茶和咖啡都提神，但咖啡是直接刺激你，茶就平缓得多。

代建平受到启发，茶和咖啡正好一中一外，一个委婉悠长，一个直接功利，代表两种不同文化。还有中医，和风细雨，慢；西医就不一样，要求立竿见影，但只是点儿对点儿。

还有拳击和武术，朱老师说。

嗯，代建平接过朱老师的话，拳击的目的是打倒对方，中国的武术最初就是健身。

西方文化有点儿急功近利，冯燕飞替他们总结。

过去是，代建平说，现在，我们也急功近利了。

有甜味，冯燕飞点头，黏黏的。

对，糯香，朱老师说。

两壶茶喝罢，朱老师告辞。

代建平将另一饼茶包好，又加了一袋信阳毛尖。朱老师，我也没准备什么，你喜欢喝茶，这两袋茶叶拿回去喝。

朱老师也没真推让，收下走了。

代廷想解开蛇皮袋，一脸惊讶的表情。过年他们最多买一只羊腿，朱老师送过来的是一只整羊。

冯燕飞说我爹前儿个也买了一只，说是花了快一千了。

代建平把自己晋小高的指标让给了朱老师。朱老师离五十不远了，连续冲了八年小高都没冲上去。教师的职称申报以乡镇为单位，比积分，成绩、教龄、荣誉是大项。代建平第一年够条件，因为所教班级多次考到全镇前列，积分一下子排到第三。镇里恰好分了三个指标，朱老师作为第四名被筛下。代建平思虑再三，去找中心校长，想把自己的名额让给朱老师。校长不同意，高分都这样让，对下一年参加职评的老师不公平，积分还有什么意义？老师的积极性怎么调动？代建平只好作罢。但当晚校长又给代建平打电话，说他当校长这么多年，见多了多好的朋友为职称撕破脸皮互相揭短的，代建平是第一个主动提出来让的——估计将来也难有第二例。让确实不太好，咱能不能想个法子，比如你自己找出自己材料的漏洞，弃权，第四名自动上来……

代廷想说得把四个羊腿先分开，挂起来，不然容易坏。代建平说不能分，这个礼太重了，咱不能要。朱老师自己过年也不舍得买一只羊。

那咋弄？代廷想问，送回去？

送回去，代建平说。

那就送回去，代廷想说。要送就抓紧，他还能退掉。

16

过了二月二，监狱才通知家属去看隗仁川。隗老师回来说，小宝他爸比在法庭上看着好多了，穿着笨重的棉袄，外面套着蓝的褂子，看着就暖和。

头发都白了？代建平还记得年前黑妞的话。隗老师说是白了一些，也不算太多。

清明第二天，代建平就去了隗老师家。王畈那一段一直有人传，隗老师家院子里的白果树死了。好好的，突然就死了，代建平不信。树是有隗仁川那年栽上的，老铁作证，说是那年他出河工带回来的树苗。

还真邪乎，别的树都吐新芽了，唯独它枯着。代建平有些失落。但他绝不相信它是隗仁川宣判那天死的，怎么可能？宣判隗仁川那天是腊月，代建平记得清清楚楚，腊月怎么能看出来树死了？再说了，树又不像人，死得有个过程，根本不是一天一时的事。

代建平请假去县城看牙，牙又疼了，请朱老师帮忙代课。去镇上等公交车，对面有人摁喇叭。代建平瞥一眼，是岳父，他正好也要进城。代建平问，不耽误您办正事？岳父笑，送女婿看病不是正事？

岳父将代建平送到医院门口。既然来了，就进去看看吧，反正还早，县城离农场二十多公里，半个小时就到了。

口腔科门口排了两条长龙。快轮到代建平时，后面突然有人喊，医生，急诊。一个男人扶着一个半大男孩儿，男孩儿脸上血肉模糊，说是撞到车了。医生都进了旁边的手术室，长龙却没有散。不一会儿，又跑过来一个女人，声音带着哭腔，闯闯呢闯闯呢，上学咋上到这儿了？送男孩过来的男人说，他撞到我的车了，牙撞掉两个。女人拉住他，他电动车咋撞你的车了，是你的车撞着他了吧？男人任由她拽着胳膊，我的车在路边停着。女人这才松手。想想不对劲，重又抓住他，你停着他咋撞着你了？男人说，他说他在看手机。女人骂起来，他要手机就给他买，也不知道你能挣多少钱。顿顿，又骂那个男孩，鳖犊子，跟他说过多少次了，上学不能带手机……女人还是有点怀疑，那你为啥还送他过来？男人说，小孩身上哪有钱看病？脸上血淋淋，怪可怜的。女人撇下他，脸凑到手术室门口，贴着门缝朝里看。

门开了，男孩脸上已经干干净净。女人上去拉着男孩左看右看，医生说口腔里面有撕裂，缝了几针。牙床也坏了，打了麻药，还得处理。赶紧下去续费吧，钱不够。女人问男孩，那车停在路边？男孩看看男人，点头。女人转向医生，你们只管处理，我下去交钱。

医生向男人竖大拇指，好人！等会儿让她把你垫的钱还给你。

五百块钱，也不多。孩子没事就好。男人拍拍男孩肩膀，闯闯，以后可不能乱闯了。说完，转身走了。

代建平也没事，医生说，要勤刷牙，多用温水漱口。

赶到车站，快晌午了。有直达农场的车，下午两点发车，代建平等不及，上了一辆路过的车。

到了农场，人家还没上班，大厅里已经坐满人。代建平也找了个座位坐下，袋子放到座位底下。旁边一个妇女，手上戴着金灿灿的戒指，妆化得很淡，身边偎着一个小姑娘。叔叔，您来看谁啊？代建平脸上堆出笑，来看朋友。本来想问她来看谁的，觉得有点冒昧，又按下。几岁了？五岁半，小姑娘说。戴戒指的妇女指指对面墙上，朋友没有探视权啊。代建平一五一十地看墙上的字：罪犯在监狱服刑期间，按照规定，可以会见亲属、监护人。底下特意备注：亲属是指配偶、子女、孙子女、父母、岳父母、祖父母、外祖父母、伯父母、姨父母、自己及配偶的兄弟姐妹及其配偶。第一次来吧？妇女又问。代建平说是的。妇女说，直系亲属得带户口本，非直系，得有相关证明。代建平心凉了，白跑了一趟。妇女又说，就是让你见，也只能送衣服，可以往他们指定的银行卡里充钱。我看你带的有肉。代建平说是的，都是真空包装的，想着能存放一段时间。

两点，递交会见申请的窗口准时打开了，代建平不死心，过去问。对方的回答跟那个妇女说得一样，会见必须是亲属，要有户口本或相关证明。

出了大厅,有人凑过来问,我能安排你们见面。代建平看看他,一个中年男人,戴着一顶门帘很长的绒布帽,看不到眼睛。夹克衫上的商标很著名,代建平一时想不起来。五百块钱,我帮你搞定。代建平举起手里的烧鸡牛肉,这个,能送进去不?对方摇摇头,不行。五百块钱他有,但进去有什么意义?肉送不进去,他又没带多少钱,也没带银行卡,空手怎么看?那人以为他是嫌多,又说,三百,中不?你不能白跑一趟啊。

下次吧。他想好了,下次来至少得给隗仁川充一千块钱。

刚到县城,朱老师打电话,说你班里杨富强没忍住,拉了一裤裆。拉了就拉了呗,代建平问,能怎么着?朱老师说快下课了,杨富强要上厕所,我说再忍忍吧,还有两分钟。谁知道他没忍住,坐在位上就拉了……代建平说,让他回去换条裤子。朱老师说是让他回去了,他奶来找事,正在学校闹腾。过一会儿,张校长也来电话,说家长堵着他,让赔偿。代建平问,赔他什么?一条裤子?这边刚挂了电话,又一个陌生号码打进来。你这个老师咋当的?上课你找人代?代建平心里不爽,但还是平心静气地说,我是正常请假,教师也有有事的时候。对方又说,孩子在你班里拉一裤裆,你说咋弄?代建平没忍住,问,你说咋弄?把我送监狱去?对方说,你咋这样说话?代建平说,我不这样说你满意?孩子拉了一裤裆,我们的心情跟家长一样……对方问,老师咋能不让孩子出去解手?代建平说,如果上课谁都能出去解手,还要下课干吗?对方愣了一下,你得负责任,你班学生拉了一裤裆你得负责任。代建平说我们没有说不负责任啊,哪个说不负责任了?

回陡沟的车要开了,代建平没上。他想走回去,不是因为杨富强拉到裤裆里了，是因为隗仁川。他觉得自己应该受到惩罚，严厉的惩罚。这个惩罚必须得马上执行，要不然他过不了这个坎。那就步行回去吧。二十九公里，不算远——再远一点也不算什么，跟关在监狱里的隗仁川比。

关手机之前，给冯燕飞打了个电话，车坏到半路上了。冯燕飞说让咱爸去接你吧。代建平说不用，司机说很快就能修好。手机没电了，回去可能有点晚，别等我。

走到十二里湾，累了。路边有座石桥，代建平坐在桥栏杆上歇息。正好给隗仁川买的有烧鸡，拆开包装，只有一小团肉，鸡像是还没长成。蘸着酱料吃完，没吃饱，又拆了一小罐头鱼。再上路时，天已黑定。

汽车一辆接一辆从后面窜过来。代建平稳住自己，不截车，一直走回去。有一会儿，脚异常沉重，好像下面坠着石头。他想起自己高一时的那次三千米测试，体育老师说，都得达标，否则，体育不及格，留级。跑到一半时，好几个同学都退出去了，实在跑不动了。代建平强迫自己坚持、坚持，无论用时多长，都得跑完。最后两圈时，他竟然加速了，他觉得自己还有力气，还能冲一冲。最后，他跑了第一——全班四十多个男生，他竟然跑了第一。体育老师很是意外。

代建平想不起来自己当时为什么带了把铁锨去东坡，他是真想要闵剑锋的命？要是只是拍他几锨他也不会报警，你勾引我老婆还不能挨一顿打？真像隗老师说的那样，命，谁也逃不了的命。他那晚要是进了隗老师家，骂闵剑锋一顿解解气，事情也不至于像现在这么糟糕。要是知道闵剑锋只是昏迷，他也不会听任他脸朝下在水里憋死……

走到半夜——他是从路上车辆的多少判断时间的，车明显少了，半个小时也不见一辆。代建平又累又瞌睡，想找个地方休息一会儿。正好前边有个棚屋，没门，里面堆着木材和麦草。再一看，怪不得，前面就是两半截庄，离陡沟只剩下七八里路。走吧，再坚持一会儿就到了。

到了陡沟，代建平又来了精神。他没有走大路，靠河走。星星和月亮都不见了，四周漆黑一片。"走走走走走啊走，"他唱了一嗓子，停下来，立刻又被黑暗包围。接着又唱，"走走走走走啊走，走到九月九，他乡没有烈酒，没有问候……"。想不起歌词了，换一首。"我从来没想到过离别的滋味这样凄凉，这一刻忽然间我感觉好像一只迷途羔羊，不知道应该回头，还是在这里等候，在不知不觉中，泪已成行。如果早知道是这样，我不会答应你离开身旁，我说过我不会哭，我说过为你祝福，这时候我已经没有主张……"不行，怎么唱这么悲伤的歌？"妹妹你大胆地往前走呀，往前走，莫回呀头，通天的大路，九千九百九千九百九呀。妹妹你大胆地往前走呀，往前走，莫回呀头，通天的大路，九千九百九千九百九呀。妹妹你大胆地往前走啊，往前走莫回呀头……"这歌来劲，后面的词也记不住了。代建平在记忆里搜索他会的歌，禁不住又想到那个晚上，也是这样唱着歌，脚下也是生产路，坑坑洼洼高一脚低一脚的。那个晚上是他生活的分水岭。从那以后他怕被抓起来，怕坐牢见不到冯燕飞见不到姣姣代廷想……代建平不敢想象他被关在小屋里。他其实并不在乎秃头，他自己经历过两个女人，冯燕飞不能经历两个男人？更没想过杀人——杀这个字眼对他来说太残忍了，想起来就害怕——失手了。真是失手。也活该，你秃头低下身，矮一矮不就过了？非要嘴硬。后来民警把隗仁川抓走了，他没有舒一口气，反而更加焦虑：冤枉了一个好人

（即使不是好人，也不至于坐牢，还被判了无期）。隗仁川受的罪他看不到，但隗老师就在他眼皮底下，他见不得隗老师皱着眉说命啊，都是命……

有鸡叫，隐隐约约的。天快亮了。代建平转身面向河坡。刚开春，淮河的水面还不宽，河水像一条白练，黑暗中闪着微弱的光。人有喜怒哀乐，水有吗？淮河日夜不停地流，什么样的哀乐还不被洗刷干净？代建平咳了一下，回声顺着河坡散开。他扎好马步，低头运足气，昂首，挺胸，放开嗓子，嗷——

17

杨富强是邱湾人，跟王畈只隔了一口塘。杨富强的父母在外面打工，他跟着爷爷奶奶。爷爷温性子，知道些事理，奶奶平日霸道惯了，什么事都要占个上风。老两口一起来的学校，非要朱老师赔偿五百块钱，说是给孙子造成了精神损失。张校长不想把事弄大，五百块钱，学校出。代建平不同意，你要是拿出了这个钱，以后就等着吧，精神损失没边没沿，明儿个有学生摔一跟头磕破膝盖了，算精神损失不？老师批评学生，学生回去哭了，算不算精神损失？这一问，把校长问住了。是啊，要是都来找学校要精神损失，学校还咋开门？代建平说，这样的事，不能纵容。以前我们上学时，小学初中都有春游、运动会之类的，现在为什么不敢了？学生还没磕一下碰一下，家长就要告学校，最后吃亏的是谁？学生！温室里长大的孩子，怎么经风雨？

教育局打电话问过张校长，说有个叫王丽芳的婆婆来告状，孙子急着上厕所，老师故意不让去，孩子拉了一裤裆。张校长电话里解释了一番,打电话的人也笑,让张校长处理好,别激化矛盾。

没过多久,信访局也打电话,说是小事,但学校要重视,多做学生家长的安抚工作,争取小事化了。

怎么化了?临放暑假时,信访局和教育局一起来了,说是王丽芳到市里上访了,上边责成他们处理好。

代建平是中途敲门进去的,他知道朱老师顶不住,张校长顶不住,他也不一定能顶住,但他还是想表达一下自己的观点。进门之前才发现脖子上的鱼不见了。那是鲁艳青送他的佩玉,鲁艳青不在了,他更珍惜,洗澡都没取下过。玉能养性,后来又多了层保佑的寓意——鲁艳青在那边保佑他。代建平记得头天下午和朱老师通电话时还在,他当时一边讲话一边摸着它——焦虑的时候,紧张的时候,他都这样摸着它。

代建平说杨富强是我班上的,我要是那天不请假,朱老师就不会倒这个霉。那是个意外,杨富强十岁了,他也没想到自己会拉到裤裆里,我后来问过他。我承认我们有责任,没照顾好班里的每一位学生。但领导们想过没有,假如就这样简单地处理了朱老师处理了学校,以后再遇到这事怎么办?上课时间学生可以随时上厕所?刚刚有个新闻,说山东某学校学生上课要求上厕所,老师允许了,结果学生在厕所滑倒,骨折,家长大闹学校,怎么能允许学生上课时上厕所?老师受了处分。领导们想一想,如果朱老师允许杨富强上厕所,他在厕所滑倒,朱老师是不是也得负责任?

有人开玩笑,说老师陪学生上厕所。

代建平说,你陪着上厕所,教室里有两个学生打起来怎么办?

信访局的领导说，我们理解代老师的意思，我们也是没办法，群众一上访，无论什么事，上边都让我们化解。

处理的结果是，朱老师向家长道歉，学校拿出五百块钱安抚学生家长。

散了会，随行的中心校校长走到代建平面前说，不错嘛，说得很好。代建平也不客气，都是实话。

大年初一，代建平去隗老师家拜年。

屋里好多人，围着一个大树根烤火。代建平一一问好。有一个不认识，但面熟。隗老师介绍，邱湾的，小黑。小黑说代老师好，杨富强给您添麻烦了。代建平笑，在这儿碰上了。也不多说，大年初一，能说什么？

小黑也叫隗老师表舅，小黑的亲舅跟隗老师的亲姑表是老表。本来这关系有点远，但两家离得近，走动反而比较多。王丽芳的上访启发了隗老师，隗老师从此走上上访路，这是后话。

说了一会儿话，代建平告辞，下午不兴拜年，他还有好多家要拜。小黑从后面追上来，对不起啊代老师。代建平不看他，是我们对不起你们。小黑说，我妈强势惯了。伸手不打笑脸人，何况人家是道歉。代建平转身，说，小黑，你是年轻人，应该知道言传身教，表婶这样做，在孩子的心里会播下什么样的种子？小黑说，电话里我跟我妈吵过好几次，别这样别这样，她就是不听，啥事都要争个高低，非得自己赢。唉，咋弄呢。再过两年，再过两年等孩子上初中了，我回来找个活儿，自己带。

18

朱老师有个远亲在五三农场工作，代建平辗转联系上，去看隗仁川就顺畅了。第一次去充了一千，第二次是跟隗老师一块去的，又充了五百。回来想想一年一千五有点少，第三年开始增加到两千。每次充了钱回去，好长一段时间代建平都觉得轻松，饭吃得香了，觉也睡得安稳了。

这次隗老师没跟他一起去。代建平借了岳父的车，冯燕飞当司机。走到街上，顺道又去问黑妞。黑妞准备在街上开店，卖鱼，店面正在装修。

店里两个男人，代建平还记得那个年轻人大毛，黑妞的儿子，前年截他们的拉猪车要过钱。另一个男人不认识，五十岁左右，身上到处是油渍，像是杀猪的。

不是卖鱼吗，里面咋还有一间？代建平问。

小宝在屋里咋弄？黑妞说，没爹的孩子，娘不能也不管啊。跟中心小学的老师说好了，开学就过来，镇上总比村里好些。

一家人分三下啊，代建平说。隗老师说得对，黑妞早晚要走。

不分三下咋弄？黑妞扯起哭腔，我咋恁背时呢，男人男人这个样子，老公公也不容我。黑妞前年就开始和隗老师闹，说是没见到卖猪钱，小宝上学小宝爸用钱到处借。其实卖猪钱没剩多少，还了欠的饲料款、防疫款，剩下不到一万。家里开支都是隗老师出，但黑妞没拿到钱总觉得空落落的，说公公没拿她当一家人，一直防着她。

他咋不容你？代建平故意说，你们又没离婚，他没权力赶你走。

不赶我我也没脸啊。黑妞说，我命不好，嫁的男人不是暴死就是废了。

男人在一旁觉得无趣，出去了。

代建平问，他谁啊？

我儿子，黑妞说。

不是，我是说刚才出去的那一个。

哦，邻居，来搭把手。

冯燕飞在车上按喇叭。

嫂子，我们今儿个去看仁川哥，你去不？

你看看这一摊，我能走得了？

就我跟燕飞，所以来问问你。那我们走了。

黑妞追出来，回来的时候帮我带两个玻璃缸吧？

这车能装下？冯燕飞问。

装得下。你们后排不是不坐人嘛，正好放座位上。

十一点到监狱。代建平说了黑妞开店、小宝要到镇上上学的事，隗仁川有点心不在焉。代建平问，不舒适？隗仁川说，没有。我在里面，说啥也没用。

一时无话。

仁川哥，冯燕飞适时插话，不用挂念他们。

我谁都不挂念，各人有各人的命。

也不是，代建平说，努努力，说不定会有变化。

隗仁川苦笑，都这样了，咋努力？

表现好点，减刑啊，冯燕飞说。

隗老师在上访，代建平说。

没用，隗仁川说，法院能打自己的脸？

你还别不信，真有，还是咱河南的，这段时间热得很，赵作海，本来判的死缓，现在改判无罪了。

那是因为"他杀的人"回来了，法院没办法。

你也知道？

新闻里看过。顿了顿，又问，建平兄弟，我一直奇怪，你咋老来看我？你第一次来我就觉得奇怪。可怜我吧？

隗老师是我老师，要不是他，我咋有今天？也是凑巧，三十分钟的会见时间恰好结束，咔嗒一声，通话断了。代建平讪讪道，也不提醒一下。

隗仁川在里面向他们挥手，然后退出了会见室。

冯燕飞第一次来，说进去的时候看到有人在里面向我们挥手，我就没认出来是隗仁川。他咋会比以前矮了呢？

代建平说，谁进去都会矮。

他比你大五岁吧？都有白头发了。

六岁，代建平纠正说。

我咋感觉黑妞隗老师他们都向隗仁川告过对方的状啊？

我也觉得是。

对了，建平，隗仁川的那个问题我也奇怪，以前你跟他们走得也不近啊。

你不可怜他们？

可怜的人多着呢……

哪个比他们更可怜？

也是。可冯燕飞心里总觉得还有不是的地方，哪里不是呢？一时又想不出来。

代建平像是看出来了，说汶川地震我捐了六百，去年我给一个孤儿捐五百……隗仁川这家破人亡的——你见过家破人亡的吗？

19

中午的鱼格外香,汤也好喝。代廷想说我跟人家学的,先切块,用盐腌两个小时左右,再用油煎,煎到嫩黄,添水,放少许辣椒去腥味,炖到汤有牛奶白就好了。

代建平问,爸,从哪儿买的鱼啊?

"黑妞白鱼"啊,人家从信阳水库进的鱼。还给我抹了两块钱的零头。

她生意好不?

太好了,代廷想说。我站那一会儿,黑妞根本顾不上和我说话。

他儿子不帮他?

那小子是干活儿的人?代廷想说,听说她儿子也帮了大忙。有人见黑妞生意好,想在街上再开一家。她儿子找了几个小混混,三天两头去找事,那人自己关门了。

她店里好像请了一个男人,五十多岁,个子不高……

斜眼。代廷想说他也不知道他叫啥,人家都叫他斜眼,他也跟着叫。斜眼晚上出去进货,黑妞白天卖。

没发现他眼斜啊。

你没注意看。

都说他俩住到一起了,代建平说。

谁看到了?都是瞎猜,看人家生意好了。停一会儿又说,住一起也没啥,黑妞才四十岁,守一辈子?

出事了咋弄哟。

出啥事?人家自己愿意。存德一个当公公的,能说啥?

隗仁川呢？隗仁川出来能愿意？

代廷想叹口气，都难。隗仁川可怜，黑妞不可怜？一个女人，还拉扯个孩子。

代建平去"黑妞白鱼"看过黑妞一次，下午。黑妞见到他，关了水龙头。她正冲洗门口的水泥地。

卖完了？代建平问。

差不多，还剩两条死的。黑妞指指玻璃缸里翻了白肚的两条鲢鱼。

一集能卖多少？

好的时候，百十斤。黑妞说，十几斤的时候也有。

不错嘛。

啥不错，饿不着就中。

斜眼从外面回来，给代建平递烟。代建平笑，啃不动。代建平注意到他的手，好吓人，到处都是裂口。代建平的妈活着的时候也是，一到冬天手上满是裂口——洗菜洗碗老是沾水，容易皲裂。

斜眼说我得去睡了，你坐。黑妞说他下半夜得去拉鱼。

过年不回王畈？代建平问。

还远着哩。黑妞似乎知道他要说什么。

隗老师自己，一个老人……

谁都不容易，黑妞说。我搞这个摊子，跟要饭一样，要有法子，谁干这个？起早贪黑不说，有时候，命都得兑上。

代建平以为她说的是大毛。

前儿个老罗回来的路上瞌睡了，差一点撞上一辆拉沙的车。车翻了，好在人还囫囵着。

老罗应该就是斜眼——斜眼是人家背后叫的。

家务事，代建平不便说多。他决定想办法给隗老师办个低保。张校长给他出主意，不用找谁，给支书说说就中。代建平打电话给谢小凤，谢小凤说她哪知道，回来帮他问问田书记。代建平催她抓紧点，听说年前要增补一批。

月底，代建平去镇里找郭镇长。郭镇长的门关着，里面的对话却听得很清楚。

加一个章两百块钱，你想坐牢啊?！声音压得很低。

另一个声音惴惴的。郭镇长，我真没见他的钱，他是想整我。

你一个文书有啥好整的？声音依旧很低，说你收钱的可不止他一个。

……

门开了，出来一个又黑又粗的男人。

代建平上去叩门，里面的人咳嗽一声，有事吗？

代建平进去，说田乡长让他来的。郭镇长换了笑脸，让坐。代建平开门见山，隗老师现在是孤寡老人，儿子坐牢了，媳妇……知道了，郭镇长截住他。这个，又看了下手上的申请，这个隗老师是？代建平说是王畈村的。郭镇长笑，我知道。你跟田乡长什么关系？代建平说，亲戚。谢小凤让他这么说的。

还没出镇政府的大门，郭镇长就打来电话，赶紧回来，把信封拿走。代建平说，不成敬意……郭镇长声音严肃，这我不能收。快回来拿走。

年根上，隗老师的低保办下来了，还补了一月份的低保钱。代建平想，应该去感谢感谢人家。当然不是感谢郭镇长，郭镇长认识他代建平是谁？郭镇长是给田乡长面子。

都是陡沟的土特产，一百个陡沟馍——朱老师帮他抢的，腊八以后的陡沟馍早都预订完了,朱老师以前的一个学生家长在做这个——十斤沙狗子——这个好弄,多出点钱就能买到——两箱空心挂面。

进了县城,代建平发现十字街像大城市一样装了红绿灯。应该是刚装上不久,行人还有点不习惯,红灯时稍一愣怔,见没车人少,才径直通行。也有人看看左右,停下来,耐心等着。

谢小凤住在老西关粮库后面,自己建的房子,两层,一个小院。一个女人出来替代建平拎东西,他还以为是谢小凤请的保姆,进了院子才发现是谢小凤。穿这么厚?谢小凤笑,外面冷,赶紧进屋。

一个小男孩坐在沙发上写作业。田晓吧?代建平问。

叫叔叔,谢小凤说。

叔叔,田晓站起来,脸盘跟他妈年轻时一样。

回你自己房里吧,谢小凤说,空调打开。

谢小凤脱了大衣,挂在衣架上。我是不是胖得不成样子了?

哪有。代建平违心地说。

一年多,我胖了四十二斤。

田书记呢,还在忙?代建平想转移话题。

我想离婚。谢小凤说。

别傻了。代建平说。

他有个情人。谢小凤说。

你逮着了?

没有,但我查了他的电话……

就不能是一般朋友?

不用劝我,我心里清楚。我觉得只有吃,才能让我心绪平静下来。

为什么只有吃才能安慰自己?代建平理解不了。

不说他了,谢小凤突然说,你怎么也憔悴了?

憔悴?代建平摸摸自己的脸、下巴。

胡子倒刮得干净。

代建平不好意思地笑了,他还记得上次她说他不刮胡子一脸中年男人相的话。

你都在忙什么啊?不打电话,也不来看我。

瞎忙,我一个乡村教师,能忙什么?

你忙的都是有意义的事。

代建平笑。

我几次争取支教名额,都没争取到。

到我们学校吧,代建平说,让我们的学生也听听高水平的老师讲课。

搞什么啊,咱们之间,别太那个。

20

代建平又置了一套简易茶具放办公桌上,小托盘,盖碗,一对小茶杯。受谢小凤的影响,他也渐渐喜欢品茶了。夏天毛尖,冬天普洱、金骏眉。最喜欢龙井,但太贵,喝不起。

喝茶磨性子,谢小凤说的。水开了,先烫杯。不同的茶叶水温要求也不一样,毛尖80度,普洱需沸水,金骏眉85度……茶叶放进烫过的杯里,香味便浮上来,满屋都是茶香。普洱是醇香,仿佛香味都在那陈年的岁月里。毛尖是回香,后味,还有隐约的青气。金骏眉是甜香,软,糯……

代老师,弟妹来探班。朱老师在外面喊。

冯燕飞极少来学校，这个时候来，肯定有事。代建平心慌，起来时茶杯没放稳，掉到水泥地上。

咱爸的事，你是不是瞒着我？

什么事？代建平还在可惜那个茶杯，钧瓷呢。

吃罢早饭，冯燕飞去邱湾打麻将。手气特别好，两圈下来，她自己赢了四把。燕飞，别只顾高兴了，婆婆来了也不打招呼。进了门，有你好果子吃。对门的牌友也是女的，比冯燕飞大。其他人都跟着哧哧笑。冯燕飞想起来，中途是有人来过，来还电动车，但她没仔细看。

是方嫂。方嫂是比着代建平叫的，农村都这样，七拐八拐都连着亲戚。方嫂五十多岁——确切地说，才五十五——两年前死了男人，肝癌。下有一儿一女，儿子在新乡一所大学教书，闺女在武汉打工，嫁了湖北当地人。方嫂跟代廷想是跳广场舞跳到一起的。王畈小学后面有块空场，晚饭后无聊，老头儿老婆儿们跟着年轻点的学会了广场舞。冯燕飞追问多久了，人家说都一年多了，你老公公保密工作做得好啊。冯燕飞越想越生气，出错了几次牌。干脆不打了，去找方嫂。方嫂正准备午饭。方嫂啊，冯燕飞也不坐，靠着门，嫂字故意拉得长长的，你男人死得太晚，要是早几年，我刚来王畈的时候，你来当我婆婆就好了。差着辈不要紧，新社会，啥事都不奇怪，不就是嫂子改叫婆婆吗？早几年我公公年轻，你也年轻，兴许还能给我生个婆弟婆妹，建平也不至于那么孤单……

怪不得，代建平说。

啥怪不得？

你没发现咱爸这两年明显有精神了？

代建平，你还高兴了？

为什么不高兴？这不是好事吗？

好事？冯燕飞不相信地盯着他。

是，以前我是反对。我妈死得早，那时候我才上初中，不懂事。有人给我爸介绍女人，我反对，但又不说，处处跟他拧着。我爸看出来了。后来我高中毕业了，上幼师，要交两千块钱。九四年啊，你想想，那时候的两千块钱扛现在五万。我爸东磨西借，硬是给我凑了出来。再后来我工作了，还有人给我爸撺掇婚事。我觉得自己翅膀硬了，直接跟他亮明态度，不行。我好歹是个老师，他也一把年纪了，这个时候又给我找一个后妈，我咋有脸出去？燕飞，说心里话，这辈子我最愧疚的人就是我爸。我太自私了，只顾自己的脸面。我爸不到四十岁就成了鳏夫，二十多年啊，平时在屋里连个说话的人都没有，多可怜……

还有一点代建平没说，代廷想好久没在他面前告儿媳妇的状了——恋爱真好，能净化一个人。

你是说，你同意？

同意，代建平说，只要他们俩没意见。

你了解方嫂吗？

我不了解无所谓啊，咱爸了解就行了。这是老人之间的事。你想想，我们谈恋爱的时候，你征求过你爸妈的意见吗？

方嫂是啥样的人，我们都不知道啊。

代建平笑，就凭你去不带脏字地骂人家人家没跟你急就能判断，不是坏人。

那……

你不用管，我脸皮厚，我去替你道歉。

建平，你跟从前可一点不像了。

代建平笑，现在好还是从前好？

你变了。

谁不变？你也在变，咱们都在变，朝好里变。人总是要变，不变，以前的日子就白活了。

嗨，说你胖你还喘上了。冯燕飞说，你以前老得奖章，优秀教师，优质课第一名，入党积极分子……

积极分子不是奖章。

反正你没有先前积极上进了。

看你从哪方面看。我一直都积极上进，上学期我教的班还考了全镇第三名。代建平没有说他的荣誉都让出去了，他不是不积极，是看淡了。咱们活了半辈子，都在为钱算计，为得失算计……这次咱们别算计了，简单点，让两个老人自己决定。他们好，咱们这些做小辈的也好。至于将来，哪怕他们过不到一块再分开，那是将来的事，只要他们现在好就行。

21

方婶——方嫂改成方婶了，不改能行？乱辈——过来吃过几次饭了。说是请人家吃饭，每次人家来都在厨屋忙。以前厨屋里都是代廷想自己忙活，只有锅碗瓢盆的声音，方婶一过来，又多了说话声、笑声。

来福眼睛生癞就是方婶发现的。代建平本来就不喜欢狗，说收狗的再来，卖了。狗恋小孩，容易传染。方婶说能卖好几百块钱呢。代廷想舍不得，说姣姣以后不跟来福玩就好了。代建平说这个可不能含糊，来福黏人，由不得姣姣。方婶说不卖就送人吧，看谁喜欢。惹到孩子身上可不好。

转眼就是清明。现在清明倒是农村家庭聚会的好日子了，过年放假可以不回来，老人小孩到城里孩子那儿过，清明不行，祖先都在老家坟地里等着呢，不回来上坟烧纸自己心里不安，亲戚邻居也会背后说闲话。王畈这儿人死后前三年的祭祀都不能少，清明，七月半，十月一，还有周年。今年方婶的男人正好是第三年，方婶的儿子肯定会回来。代建平跟方婶说好了，到时候两家人一起吃顿饭，正式说说两个老人的事。

　　菜是头天买好的，鸡是自己养的土鸡，腊鱼、腊排——方婶说儿子喜欢吃腊肉——都是借的。还有沙狗子，从镇上酒店里买来的——市面上三十块钱一斤都买不到。鸡蛋当然是土鸡蛋，还找左邻右舍凑了一箱，准备让方婶的儿子带走，城里人稀罕这个。陡沟馍不用说，中午的面点。王畈中午多吃米饭，为了让方婶的儿子吃上老家特产，代廷想准备擀面片。

　　赶上闰年，上坟不兴添土，添个坟头就行了。清明那天赶早烧烧纸，祭祀就算结束了。代廷想心急，半晌午就要准备。打方婶家里的电话，没人接，还纳闷，都啥时候了，还没从坟地里回来？等到快十一点了，还是没人接。电话坏了？讪讪跟代建平他们解释，你方婶的电话一到下雨就出毛病，可能是线路进水了。我去看看。代建平说你去不合适，我去吧。

　　远远看到方婶的大门锁着。代建平觉得蹊跷，这一片的风俗是早清明晚十月一，方婶的儿子不知道，方婶应该知道啊，怎么会这个时候了还没烧完纸？走近了，门口收拾得干干净净的，只有一个破纸箱，上面写着"封丘石榴"。打开，里面都是衣服，还有牙膏牙刷毛巾。他认得那件暗蓝色的夹克，是他给代廷想买的。不好，代建平突然意识到什么——箱子里都是代廷想的东西，清出来放在门外，摆明了人家的态度。

隔了一天方婶才来电话。代建平让姣姣叫爷爷接电话，方婶说不用了，跟你说一下就好。儿子没啥，儿媳妇死活不同意，小两口忙，非要我过来做饭接送孩子。还有，儿媳妇明年要生二胎，让我伺候月子，伺候小毛孩……

代廷想过来，代建平把话筒递过去。

不回来了？代廷想问。

不回去了。儿子说，就在这儿养老了。

好，大城市好……

22

夏校长从镇上开会回来，把代建平叫到办公室，问，你们村是不是有个隗存德？代建平说是。夏校长说，他是咱镇的重点维稳对象，你最近一段的主要工作就是看好他。怎么看好？又不是猫狗，拴住就行了，总不能天天跟着他？夏校长说就得天天跟着他，看好他。二十四小时看着。代建平问，不上课啊？夏校长说不上，这个工作比上课重要。它牵涉到全社会的稳定、和谐。

中午回去吃饭的时候，代建平问代廷想，隗老师还在家不？代廷想说在啊，上午我还见他去老铁那儿买烟。代建平说，夏校长让我这两天钉着他。代廷想问，新来的校长？听说比你还小？代建平说是，80后。代廷想说，都说人家会来事，兜里揣着两种烟，好的给领导抽。代建平说乱说，我都没见你咋知道？不过，他还真不喜欢这个校长。他第一次来王畈小学那天，天还热，却戴着顶帽子，帽檐很长，看不到眼睛，代建平一下就想起了第一次去监狱时上来跟他搭讪的人。当天晚上开会，又问东南角那一片谁种的菜，种花多好看啊，种菜能省几个钱？没有人附和他。花是好看，都知道，可王畈离街那么远，住校的老师不种点菜吃什么？

　　下午，镇里的王副书记不放心，又过来召集村委和夏校长他们开会。代建平存了心，发现夏校长果然像代廷想说的那样，让给王书记的烟是好烟。烟点着，王书记说，你们要认真，保证二十四小时在岗。一旦让他偷偷溜出去，我被处理，你们谁也脱不了干系。代建平说，干脆，我住到他家吧？王书记问，他能让你住？村支书一旁说，代老师跟他关系好，隗老师的低保就是他帮着办的。王书记说，能住进他家更保险。

　　代建平和村里的文书当天晚上就搬进了隗老师家。三间房子，两间偏房，再加两个人也能住得下。米面油都是村里买回来的，文书负责一日三餐。隔天，王书记过来检查，代建平、文书和隗老师正坐在客厅里看电视。寒暄毕，王书记劝隗老师，听说你还做过民办教师，应该比普通老百姓觉悟高，不要被人利用了。隗老师说，我自己的事，被谁利用？王书记很少被人这样反问，一时语塞，遂板起面孔说，你是老上访户，应该知道政策，涉法案件不能上访，法院都判了，还能有错？隗老师不看他，轻声说，法院判错也多了——是人都会犯错。2000年，云南的杜培武，说他枪杀两个警察，判了死缓，后来真凶又犯案才真相大白。湖北的佘祥林，说他杀妻，判了十五年，2005年他老婆突然回来了。还有咱河南的赵作海，判了死缓，前年被害人也是突然回来了⋯⋯文书站出来替领导圆场，王书记的意思是，你要有冤，得找法院，起诉。隗老师说，你以为法院好进？一道门一道岗的，老百姓大门都进不去。信访不收费，当然要去上访。

代建平他们出来送王书记。王书记自己找台阶下,老上访户都有精神问题。要不就是上访上出好处了,都不讲理了。上访能上出啥好处?代建平奇怪,好好的,谁愿意去上访?王书记说,这你们就不懂了。老隗一去北京,乡里就得去领人。他不愿意回来,我们就哄,去的路费也得给他报销了——你们谁去北京不得自己掏腰包?代建平问,让他告呗,管他干吗?王书记喊了一声,哪个地方上访多了,扣你考评分。

代建平还是不懂。但他听明白了,上访多说明问题多,领导面子不好看。

大部分时间都是代建平跟文书守在那儿。文书比隗老师小不了多少,喜欢跟他开玩笑。老隗,上访的就没有女的?隗老师说有,正中文书下怀。那还不找一个当老伴,同上同下,互相也有个照应。隗老师说,哪有那心思。我给你们讲个笑话吧?讲,文书说,最好带点色。

不带色,隗老师说,好笑。也是咱县的。男的姓吴,儿子九岁,跟他妈下地,走到桥上,桥突然就断了——你说背时不背时?断桥把小孩的腿夹断了,送到市医院,接了两次,没接好,发炎了。又转到省里,花了小二十万,房子都卖了。开始是认了倒霉,那么多人从桥上走都没事,就他有事了,不倒霉还能咋着?有明白人给他指点,都是国家的人,桥又是国家修的,国家是得负责。小吴想想也是,到了乡政府,人家一下推得远远的,政府是管全乡的老百姓的,政府管得了路管得了桥吗?小吴想想也不错,要找修桥的。谁修的桥呢?问了好多人,有人说,路归公路局管。小吴就去找公路局,公路局说我们只管修路。再说了,你们那是村道,归县乡公路管理站。小吴又去找管理站,人家说县乡公路,有桥吗?桥不归我们管。桥是水利局修的。小吴又去找水利局，水利局的话更有道理，公路上老发生车祸，要是都去找修路的负责，谁还修路？小吴没办法了，给电视台"百姓调解"打电话，电视台还真来了人。信访局把有关方面都叫了去，愣是没找到该谁负责任。最后的解决办法是，乡政府给孩子办个低保，年终再给弄点补助款。信访局让小吴在信访诉求单当事人意见一栏签字，小吴一笔一画认真写下五个字：坚决不同意。

哪儿好笑？文书问。

代建平也没笑。

熬了几天，终于等到大会开幕。王书记又过来检查，正好夏校长也过来，四个人坐屋里看电视。王书记指着屏幕说，看，领导说了吧，依法治国依法治国，老隗，我没说错吧？你要真有冤，去法院，法院不会冤枉你的……隗老师头扭到一边，啥时候都是依法治国，那赵作海咋弄的佘祥林咋弄的？王书记瞪圆了眼睛，你这个老隗，怎么就一根筋呢？！

当天晚上隗老师就跑了。大门锁着，他是翻墙头跑的，借着那棵枯死的白果树。老铁他们把这棵白果树说得很神秘，生隗仁川那年栽的，隗仁川出事那年莫名其妙地死了。老铁还说，宣判那天，他又听到鬼嗷吼了，一声比一声拖得长。墙将近两米，也不知道隗老师一个老头落地时摔着没有。文书打电话向王书记汇报，代建平在一旁听到那边说要狠狠地处分他们。

代建平回去搜杜培武、佘祥林、赵作海的案子，发现他们有个共同点，真凶出现了，或者"被害人"突然现身，没办法了。秃头不可能现身，但他又希望隗老师能访出个名堂。隗老师显然也研究过法律，到处跟人说，按照法律，疑罪从无，小宝他爸的案子只有口供，没有找到一个直接证明他杀人的证据。

在监狱第二次见面时小宝他爸就说了,说是几天几夜不让他合眼,熬他。我这么大年龄了,儿子无期,儿媳跑了,孙子也带走了,我成了孤家寡人,要是不上访,我是等不到小宝他爸回来了。我知道让他们认错难,不光得有勇气,还会影响好多人。希望不大,总归有吧?我要是不试试,连一点希望也没有。

王畈没有人在乎隗老师跑了——隗老师什么时候都可以跑,他又不是犯人。晚饭桌上,代建平说隗老师已经不是先前的那个隗老师了。代廷想有点奇怪,存德不是存德还能是谁?代建平说,出去上访让他见了大世面。

23

代建平上街给来福——来福有次被人买走了,代廷想回来眼泪巴巴的,代建平不忍心,又上街赎了回来——买药膏,碰到隗老师,说是去看隗仁川。代建平本来定的是每年腊月去,正好赶在阳历年元月,一年伊始。隗老师急着去,代建平不放心,只好跟着。

上了公交车,代建平抢着买票,售票员说,老隗免票。

代建平不解。

隗老师拉拉他衣襟,七十岁以上免票。

代建平知道他还不到七十岁,客车都是私人的,即使到了七十岁也不会随便免票。人家肯定是可怜他。

售票员问,老隗这次去哪儿啊?

五三农场,看儿子。

下了公交车,到农场还有一段路。天阴沉沉的,像是在酝酿一场大雪。路两边都是小麦,间杂一小块一小块的菜地,菜地里菠菜、上海青挤挤挨挨的，蒜苗瘦精精的。小雪刚过，树上的枝叶快被寒风扫尽了。

隗老师问，建平，还记得上学时候给你们布置的作文不？

代建平说那么多，你说的是哪个？

人勤春早。

没印象了，代建平笑，我只记得《记一件小事》《我的理想》，还有《上学路上》……

建平，老师给你丢脸了。

车费只有几块钱，搁不住多。

代建平这才明白隗老师说的是免票的事。

人到了我这一步，就没脸了。

隗老师，怪不了你。

……

隗仁川拿起话筒第一句话就问，爸，你咋恁……

感冒，才好，隗老师说。

一下子老了好多，隗仁川说。

不老才怪，都快七十了。

还以为你出了啥事呢，今儿都十六了。父子俩约定的是农历双月初十见面。

能出啥事？昨儿就要来的，建平说昨儿是下元节，下元节前不兴串亲戚。

建平，仁川跟他打招呼。

代建平向他招手。隗老师不让我说，他被拘留才出来。

啊？为啥？

还能为啥？上访，越级上访。

跟你说不让你去你偏去，没用的。

明年就好了,隗老师说,明年我就七十了,法律不让拘留七十岁的人。

代建平说,法律指的是七十周岁,明年你也不到。

隗老师也不辩,表情讪讪的,像个做了错事的孩子。

免票也不是因为你七十了,人家同情你。

我知道,隗老师喃喃道。

免啥票?隗仁川问。建平兄弟,我爸听你的,你多劝劝他,别再瞎跑了。

代建平说好。

爸,下次晚来几天,等小宝放假,一块儿过来。

隗老师说好,年前生意好,小宝他妈忙。

我知道,隗仁川说。你也别怪她,她把小宝带好就是咱家的福。

隗老师说我知道,我来来回回的钱,都是她给的。

24

幼师班毕业二十周年聚会,代建平一直答应去,临近国庆,又改口家里收稻子,走不开。其实,这都是代建平一步一步计划好的。高中同学二十周年聚会时,谢小凤特地给他打过电话,代建平直言不参加,关系好的,不聚会照样见面;关系不好的,聚会再多也不会多联系。

幼师比高中好组织,几乎都在本县。代建平的幼师同学只有四个在外地,一个在郑州办幼儿园,一个嫁到了市里,还有一个在深圳打工,一个在北京当老板。外地的四个都回来了,北京的那个承包了聚会的所有开支。当晚的微信群很热闹,都是他们喝酒唱歌的照片。除了代建平，还有五个同学缺席，两个车祸死了多年，两个搭上了"单独二胎"的末班车——男生在家伺候刚刚临产的老婆，女生预产期恰好这两天——另一个就是方正。

十周年聚会时方正给人印象深刻，见人就说话，像是要把过去没说过的话都补回来——上学时，他跟任何一个同学说话都没超过三句。那次他给人印象最深的还不是这个，是带了老婆——QQ群里提前有要求，不能带家属。十年之后，微信群里关于方正的消息又让代建平大吃一惊：他到寺院当和尚了。微信群里有说他家庭出了大变故，也有说他厌世，还有说他读书多了想不开……

代建平打方正的电话，空号。和尚不用手机？好像有用的，他记得看过一个少林寺和尚生活的纪录片，和尚们有车，有专职司机，还经常上网，日子滋润着哩。代建平有方正的QQ号，打开，签名还是方正。

来福在他脚下躺着——来福眼睛上的癞早没了，但毕竟老了，常常无精打采地躺在一个角落里——代建平嫌热，让它走开。来福站起来，眼巴巴看着他，像一个不愿分家的老人。代建平怔在那儿，要是他现在突然变成一个老人多好，好歹也算寿终正寝……

QQ有回复，是方正。

真的入了佛门？代建平问。

未剃度，已皈依。

家都不要了？

处处是家。

代建平觉得方正的话充满了禅意。为什么？

为了内心的平静和现世安稳。

理解。有信仰毕竟是好事，一种寄托。经历了什么事？

缘分到了。

什么时候去的？

2013 年 10 月。

代建平问，在哪儿？

九华山。

啊？我去年暑假去过那里。遗憾，早知道去找你了。

因缘不足。

代建平接不下去了，方正似乎又回到幼师班，一句框外话也没有。

25

代建平比平时去学校早，校长办公室还没开门——夏校长来不了这么早。朱老师头天晚上喝多了，说夏校长来王畈之前听人说王畈只要搞定代建平，校长就好当了。代建平并不生气，问朱老师，我不讲理？朱老师笑，你就是不太听领导的话。代建平说，对的我听，不对的我当然不听。朱老师说，夏校长还说，你跟隗仁川的老婆肯定有一腿。她比你大吧？代建平这个时候才生气，他个狗日的，说的是人话吗？又去摸脖子上的鱼，没摸到，顺势拍了一下桌子。

第一节快下课时，代建平的气其实已经消了，是夏校长自己点的火。他刚到学校，还没进办公室就问哪个班值日，怎么没洒水。进了办公室，声音更大，建平，人家班都能洒水就你班不能？

代建平问，你能不能问清哪个班再说？

夏校长眼睛从帽帘下斜他一下，吃枪药了？

代建平站起来，到底谁吃枪药了？你不问青红皂白就怪我。

夏校长屁股虚靠着一个办公桌，抱着双臂，像是要看他接下去还要怎么表演。

你自己说，到底是我难搞还是你找事？代建平上前取了他的帽子，摔到地上。天恁热，你也不怕捂出痱子？

你……，夏校长手指着他。

办公室的老师都很意外。

本来老子气都消了，谁要你找上门？代建平问，你哪只眼睛看到我跟隗仁川的老婆搞到一起了？

夏校长说，我没说。

代建平说，怎么，还要我给你找个证人？

夏校长捋一下头发，低下眼睛，我听人家说的。

人家是谁？代建平问。你大小也算个领导，怎么也跟个娘们儿似的？

夏校长当然不会说听谁说的，还嘴硬，不好你为什么帮她？非亲非故的。

你跟灾区的谁好？代建平问，非亲非故的，你为什么要给灾区捐款？

……

后来听朱老师跟他学，他走后，夏校长眼泪都出来了，说他真背时，当个校长啥也做不了主还尽受人家欺侮。代建平笑，学校这么小，他还想做什么主？朱老师说，他说优秀教师要老师投票，年度考核论成绩……代建平说，张校长留下的传统，怪不了咱们。再说了，课本里不是一直这么教的吗，领导是人民群众的公仆，领导是为人民服务的，咱们人民群众才是国家的主人……

中午回去，代廷想听到动静就从厨屋里跑出来，姣姣呢？

找她妈去了。

你咋能打校长呢？

代建平喊了一声，真是好事不出门，坏事传千里。谁说我打校长了？

代廷想说，都在说。

乱说。我就是把他的帽子取掉扔到了地上。

你摔人家帽子干啥？

代建平说，学校里的事，你不要管。

我要不是你爹，请我我也不管。

看不惯他那顶帽子，遮着眼睛，代建平说，太阴。

正巧，冯燕飞姣姣回来，父子俩停火。

菜端上来，鱼头豆腐汤。姣姣喝一口，大人一般说，爷爷炖的没有奶奶炖的香。

冯燕飞代建平对视一眼。

爷爷还在学习，代廷想说。

冯燕飞问，姣姣，今天学的啥啊？

《赠刘景文》，苏轼。荷尽已无擎雨盖，菊残犹有傲霜枝。一年好景君须记，最是橙黄橘绿时。

姣姣棒，代廷想夸她。

电视上说，薄熙来判了无期。冯燕飞笑，跟仁川一样。

一个人啊，代廷想突然说，一个人要是不听上级的，肯定没好日子过。

代建平接过来，爸，我没有不听他的啊。一个人，要是在上级面前没有一点骨气，日子肯定也不好过。

26

隗老师便血，先是怀疑拉肚子，三四周未停，才惊。代建平送隗老师去县医院。车上，大家都在议论头天出租车司机被杀的事。售票员消息权威，说是从汽车站到新高中，司机要了人家二十块钱——也有说要的是二十五。坐车的是一小青年，口音明显外地人，据理力争。司机仗着是本地人，启动无赖模式。小青年拗不过付了钱，一肚子气，捡地上的石子砸了下车。司机下车，讹小青年赔偿五百元。言语之间，小青年冲进旁边的饭店，摸出一把菜刀……

代建平翻手机，朋友圈也到处在传这事，还有人拍了现场的血迹。远离垃圾人，如何安抚有精神障碍的人……都是类似的文章。代建平觉得谢小凤的微信最有意味，转了。

人固有一死，可老死好过病死，病死好过诸如这般猝不及防地惨死。

若问，我们要有多么的小心翼翼才能幸福地过完一生，以下十条，算不上标准答案，只是一点儿建议。

/ 01 /

夺你性命的未必是仇人，常常是路人。他们本可以哼着小曲儿擦肩而过，但是因为心中戾气升腾，所以狭路相逢。

/ 02 /

伤害你的也未必就是坏人。玫瑰带刺，兔子咬人！每个人心里都住着一个小魔鬼，只要你不将它激怒，它完全可以酣睡百年。

/ 03 /

人在旅途，遵从天理、良心和秩序，记得上车买票，吃饭付账，不多要，不少给。你要去哪儿就专心致志地去，不要节外生枝。

/ 04 /

不管生活多么丑陋，命运多么险恶，也要坚持做个性情平和内心美好的人，你温暖就会迎来春天，你冷酷就会遇上冰刀。

/ 05 /

与人争吵，可讲理论事，别出言羞辱。但不是所有的人都懂道理，也不是所有的牛都通音律，讲不通的时候，耸耸肩摊摊手，放弃。

/ 06 /

保全尊严最好的方法，未必是誓死捍卫，遇到暴戾要机智绕行，好比在猛兽区，不要衣袂飘飘下车色诱猛虎。

/ 07 /

别跟小人斗气，别和烂事胶着，有证据的事儿交给警察叔叔，没证据的事儿交给因果报应。犯错了就为自己的荒唐买单走人，大好时光绝不逗留！

/ 08 /

没事别在市井游荡，越是人多的地方，越鱼龙混杂，越江湖凶险。门前屋后晒太阳，泡泡茶，和朋友在一起读读书，聊聊健康最安全。

闵剑锋就是一小人，他和冯燕飞的事就是烂事……早看到谢小凤这些话，何至于此？

到了医院，挂号候诊，遇到高中同学屈君。屈君当年考入中医学院，与邻县女生恋爱，毕业也进了邻县医院。前年才调回来，在理疗室。屈君领着他们直接到内科找了老医生。

等结果时，看到屈君在他朋友圈下面留言，字字珠玑啊。代建平回复，每当有危害社会的公共事件发生时，微信圈里到处都是"远离垃圾人"的呼吁，谁敢说那些当事人之前没谴责过"垃圾人"？我们每个人都应该对照反省，自己是不是垃圾人。特定场合可能会让一个普通人转化成暴戾的小人。屈君说难得老同学有反思精神，你的这些建议真的很有哲理。精辟。代建平说，我抄谢小凤同学的作业。屈君不相信，她一个女生……听说，她老公是乡长。代建平说是，夫妻俩都出息。

检查结果不妙，代建平对 cancer 这个英文单词还有印象，虽然单子上只是简写的 Ca。医生说晚期，不建议手术。代建平说他决定不了，得问家属。黑妞在电话里沉默半晌，说，建平兄弟，麻烦你了。我的想法是，手术得做，不能让外人看我们笑话。

挂了电话又打给刘罗锅。对方语气极不耐烦，啥事？代建平说，隗老师在医院，癌症，晚期。刘罗锅被惊到，我让仁娥过去。

刘罗锅和隗仁娥一块儿到的医院。他们避开隗老师，开了个小会。代建平转述医生的话，隗老师这属于晚期，不建议再手术。这种病很常见，县医院每年都会遇到几十例。隗老师的情况不好，剩下一到两年。

隗仁娥看刘罗锅。刘罗锅说，这个钱明知道是扔了也得扔，总不能见死不救。

手术费是黑妞拿的。本来刘罗锅已经拿了,黑妞不同意。嫁出去的闺女泼出去的水,你们都不是隗家的人了。仁川在里面不讲了,还有我,我还是隗家的媳妇,要是不拿这个钱,我出去还不让唾沫星子淹死?

拆线回王畈,隗老师身子还虚,下不了床。隗仁娥伺候他。次日,隗老师给代建平打电话,请他代去坟地烧纸,他觉得这次生病是冲撞了哪位先人。烧纸得男人去,刘罗锅不知道他们隗家的祖坟在哪儿。

隗姓祖坟在西坡,靠近一条堰沟。十九个坟头,最东头的辈分最大,隗老师祖父的曾祖父。代建平给每个坟头引了火纸,磕头。祖宗在上,要是隗老师冲撞了哪位先人,见谅。您大人大量,多担待。隗老师百年后过去给您当牛当马,服侍您……都是隗老师交代他说的,代建平觉得矫情,说出来是让外人听的,坟地里又没人。但隗老师反复叮嘱过,不说像是贪污了。

烧最后几叶算是私活。代建平转向东方,磕头,心里默念,闵剑锋啊,顺便给你送点钱花。别记仇,我过那边后,愿意做牛做马补偿你。

未及起身,一阵风吹过,脚下的纸灰乱作一团。

正值夕阳西下,透过小树林,可以看到淮河的堤岸。代建平背靠坟堆坐下。十几座坟他只记得两座,最西头那个,是隗仁川的爷,秋收,他正牵着牛打场,一口鲜血吐出来,殁了。听代廷想说,他先前是地主,最厉害的时候王畈一百多亩田地都是他的。西头靠南这个,是隗老师的老婆。她死得好——代建平听很多老人这样说——头天晚上睡下,第二天早晨没再醒来,自己没受罪,也没让家人受罪……

有人扯着嗓子喊小孩儿回去吃饭。代建平也站起来。辉煌如隈老师的爷,死了还不是一座连墓碑都没有的小坟堆?

27

吃晚饭的时候,代建平考姣姣,十三个馍咱们一家分,还剩几个?

姣姣掰着指头算了算,不剩下,爸爸妈妈我一人三个,爷爷四个。

没白疼你啊,代廷想笑。

姣姣,咱们家每次吃东西都是爷爷吃得多吗?

姣姣认真想了想,我——你们一人三个,我四个。

冯燕飞也笑,你这题出得有问题,不怪姣姣。

十三个馍咱们一家分,每个人得一样多,代建平问,还剩下几个?

一个,姣姣一口答出来。

代建平拍拍她的头,你是故意钻牛角尖啊。

姣姣问,牛角尖怎么钻啊?那么小。

不钻牛角尖了,代廷想替姣姣收作业,先吃饭。

电视新闻说,一个大公司的副总跳楼自杀了,遗书都没留。代廷想听说年薪过百万,喊了一声,那么有钱的人,想要啥没有?

谁都有烦恼。代建平说,压垮人的最后一根稻草可能就是别人的一句话。

冯燕飞也说,钱并不是万能的,钱能买到快乐吗?

肯定买不到,代建平笑,钱能买到打麻将的乐趣吗?

当然。钱买不到的东西太多了，能买健康吗？能买平安吗？能买安稳觉吗……

嗯，都买不到，代建平比他们感受都深。

外面越来越暗，像是谁从天上扔下来一瓶墨水，墨水慢慢朝下洇，浓度越来越大……

老力也死了，冯燕飞说。

啥叫也死了？老力应该是冯燕飞娘家那边的人，代建平没听说过。

报应，冯燕飞说。我们都叫他小能人……

要是能的话，该叫他大能人，代建平说。

他能能过支书？支书才是大能人。老力也能，他家是我们村第一个用电用自来水的。那时候村里还没通电，老力从镇上捡回人家扔掉的废灯泡，从后面掏空，把手电筒上的小灯泡卸下来塞进去。两节一号大电池在一个小木盒里当电源。小灯泡的光经过透明的大灯泡放大，满屋亮堂堂的，我们都眼气得不得了。后来通电了，没自来水，老力又弄了一个大铁桶放房顶上，抽水上去，厨屋就有自来水了……

老铁也会弄，代廷想说。

老力害死了冯本钢，冯燕飞说。冯本钢以前是我们村开拖拉机的，后来去深圳打工。老力跟他是邻居，看他工资高，死打乱缠非要跟着他。没多长，冯本钢死了，说是从车上掉下来，轧死的。也有人说老力跟他在工地上学开车，学会了，想顶冯本钢的位，把他推下了车……

瞎说，代建平说，他没有驾照弄死人家就能顶上？

冯本钢也没有。冯燕飞说，工地内部转土，从这头转到那头，不上路，不用驾照，会开就中。

代廷想替她作证，老虎也在南方干过那活儿。南方都是山，一个工地能干好多年。

去年老力发烧，上哪儿都没查出毛病。有人说是冯本钢回来缠他，缠得他天天睡不着觉，人熬得只剩下骨头。我爸说，昨晚上断的气。大家都说报应。

还真有报应，代廷想说。存德不是？

隗老师咋了？

他爹当过土匪。

那个年代，代建平替他辩解，逼上梁山。

代廷想说，新中国成立后判了十年。在劳改场也没吃过什么亏，他会赶马车。回来的时候还比先前胖了，一点儿不像坐牢。有一天在稻场打场，走着走着吐了一口血，死了。

隗老师不是没事吗？代建平不解。

他是没事，隗仁川呢？

与人家隗仁川何干？

没应到隗老师身上，应到隗仁川身上了。

代建平叹一声，好人一生平安，坏人必遭报应。

也不见得。代廷想说。

本来代建平自己就是一个例证，他是个坏人，没睡过几次踏实觉。但他只能拿老力说事，你看，老力不也遭了报应？

隔天，姣姣病了，咳得喘不过气。代建平搂着她，心说报应都积到他自己身上吧，一人做事一人当，别连累姣姣。代建平不怕死，死了反而更好，不用坐牢了，还落得一身清白。他甚至羡慕起隗老师来，羡慕他得了绝症，要是换成他，死得就名正言顺了……不不，还算不上顺，人家会说得癌症也是报应。最好是意外，比如车祸，或者火灾……也不好，都可以说成报应。自杀？更不好，畏罪自杀。况且，哪种自杀方式他都害怕，跳楼摔得难受，上吊服毒自焚得挣扎好长时间，投水更不行，他会游泳，死不了活受罪……

折腾了一天，晚上好了些。代建平仍然不安，他想像白毛女那样跑到深山老林里，隐姓埋名，但他知道自己受不了思念姣姣、冯燕飞还有代廷想的痛苦。况且，到处都要出示身份证，能逃到哪儿？又因此联想到隗仁川，人家也有老婆孩子，也有父亲，却无缘无故身陷囹圄，不比他痛苦？

28

小年那天晚上，代建平放了一万响的长鞭。代廷想说，比大年还隆重。代建平问，咱今年去三亚过年好不好？代廷想搛菜的胳膊僵在半路上，三亚？代建平说，我跟姣姣妈商量过了，咱们也学城里人，去南方暖和的地方过年。姣姣在一旁说，电视上说了，三亚有海。冯燕飞说是，我们今年过年去海边，大家都去看看海。代廷想说，跑恁远，得花多少钱啊？代建平笑，不能啥事都用钱衡量。

冯燕飞去提车，父亲问，不是三十儿那天走吗？冯燕飞说代建平想早点儿走，多玩两天。三十儿那天高速免费啊，岳父提醒她，那么远。在家一分钱也不用多花，出去就不能怕花钱。话是代建平说给冯燕飞的，冯燕飞又转给了自己的父亲。

岳父把自己的事搞利索，已经农历二十六了，代建平他们第二天一大早就上路了。天冷黑得早，到韶关时已近黄昏。代建平说燕飞开了一天车，肯定累了，不如就在韶关住下。冯燕飞说不累，第一次开长途，好兴奋。代廷想说住下也好，反正也赶不到广州了。

进城区时堵车，冯燕飞刮了人家的车。不严重，对方前车轮胎上面的车漆被刮掉硬币大小一块。三百块钱。代建平很爽快，抽出三张小红鱼。回到车里，冯燕飞一脸懊恼，怪自己没注意右手边，也怪那个司机欺生。代建平说没关系，出门在外，免不了的。代廷想见儿子这个态度，也说，花钱消灾。

在广州玩了两天，三十儿那天才朝海南赶。过海的时候，人都拥上船头，兴奋地看大轮船轰隆隆开过去开过来，看海被船犁出波浪。往远处看，水面无边无际，太阳仿佛在遥远的天边，让人心生无助感，仿佛来到了世界边缘。代建平靠着栏杆，双手括住嘴巴，向着大海"嗷"了一嗓子。吼声未落，对面船上跟着"嗷"了一声，像是回应。代廷想说老铁因为这个差点成了寡汉条子。代建平问为啥，代廷想说他耍流氓——那时候谁愿嫁个流氓？生产队出河工，他在工地上"嗷"一下子，整个工地都"嗷"起来，这边落了那边又起来了……人家说他二十多天没看到女人了，突然见到一个女的戴着花头巾去送东西，忍不住，就"嗷"了一嗓子……代建平笑，还有这事？代建平也见过人家嗷吼，有一年收麦，突然下雨了，他听到有人"嗷"一声，坡地里的人都不约而同地跑起来，架子车也跟着飞起来……

代建平问父亲敢不敢在海里游泳，代廷想说不敢，这海阔得一眼望不到边，吓也吓死了。代廷想说他游过涨水时的淮河，那是他这辈子干过的最疯狂的事。一九七五年，淮河水平堤，水面差不多五百米宽。代廷想跟人家赌一包烟，说他能游到对岸。还真游过去了，被水朝下冲了一里多。

姣姣问什么时候下船，代建平说快了。姣姣说，咱不下船好不？就在船上过年。冯燕飞说开船的师傅也要回去过年啊，他家里有一个比你还小的妹妹呢，正等他回去。

船头上人突然多起来。代建平转身，怪不得，能看到对岸的高楼了。代廷想说，好了，小车坐了，轮船坐了，就差飞机没坐过了。代建平说，明港正在建机场，后年通航。

上了岛，隔不多远就能看到"不忘初心，牢记使命"的标语。到底是一个国家，再偏再远，都有相同的地方。住宿并没有预料得那么贵。宾馆附近没找到饭店，前台服务员让他们进市区看看。除夕夜，大街上人车都少，开了近半小时，才找到一家海鲜城。代建平说就吃海鲜，海边的海鲜不会贵了。

玻璃槽里都是海鲜，他们连名字都没听说过。冯燕飞让代建平点，代建平让冯燕飞点。姣姣说我点，指着看着顺眼的，点了几个。吃完，冯燕飞去结账，回来偷偷让代建平看账单，一千四百六。代建平刚叮嘱完别让爸看到，代廷想就问多少钱。冯燕飞说，四百六。代廷想说，好贵。

第二天早起，车玻璃被砸了。打110，警察过来问丢了多少钱，代建平说一箱酒，价值七百元左右。一双新皮鞋，还没穿过，二百七十元买的。还有在广州买的一套茶具，朋友送的两提茶叶。监控有点远，只能隐约看到一个男人从电动车上下来作的案。

情绪受到了影响，但他们还是按原计划赶到了三亚。一问宾馆，两千三。代廷想不信，我们只住一晚。服务员重复一遍，一晚两千三。出来再找，宾馆倒是多，最低也要一千八。代廷想说不住了，啥床，睡一晚要一两千？代建平说，出来了，首先得吃好睡好，吃不好睡不好咋能玩好？代廷想说那就要一间房，你们睡床上，我睡地上。冯燕飞说那哪中，还是两间吧。

嗷吼

代建平想，我们还是太穷啊，宾馆这么贵，外面还这么多人。

到底开了一间房。酒店还真好，每层楼对着电梯都有一个三人沙发，旁边茶几上还有点心，免费的。房间设置也温馨，大床上放了一朵花，真花。四个枕头，高低任你选。阳台上有秋千，虽荡不起来，但坐在上面能看到海。床到阳台正好还能躺两个人，代建平和代廷想睡地上——正好车上带着薄被子。三亚三天两晚，都是这样住的。

拍了上千张照片，天涯海角，南山，兴隆，五指山，万泉河。水边的，喝椰子汁的，坐摩托飞艇的，游热带植物园的……代建平出镜率最高，跟姣姣合影，跟冯燕飞合影，跟代廷想合影，还有两人三人四人合影……

回海口比原计划提前了一天。代廷想说想吃陡沟馍了，还有陡沟千张。冯燕飞跟着嚷，海鲜哪胜咱陡沟的沙狗子啊。代建平觉得惭愧，其实他们也就除夕夜吃了一顿海鲜，太贵，舍不得再吃。回去一定带他们去镇上正儿八经地吃一顿沙狗子，还有千张，腊排——陡沟的腊排其实也很有名气。

海口的警察正等着他们，初三就破了案。警察调看了附近的摄像头，查到小偷的落脚点。皮鞋、酒、茶具都找回来了，还没来得及销赃。两提茶叶已经转卖，一百块钱。买家因为也是游客，无法追讨，只能让小偷照价赔偿。代建平其实根本没想到丢了的东西还能找回来。

车过信阳，天上飘起了雪花。雪落得无精打采的，像是在真空中做自由落体运动。代建平一时恍惚，觉得这个假期也像在真空中度过。到了家门口，雪已经铺了一天一地，像一床新被褥。姣姣身子一跃，扑到雪地上。下雪真好，啥都看不到了。代廷想问，啥是你不想看的？姣姣爬起来，拍拍身上的雪。多了，草，乱泥，鸡粪，塑料袋……可以写篇作文啊，冯燕飞趁机说，雪，盖住了丑恶。代建平笑，盖住，多俗啊。遮盖。姣姣抱住妈妈的胳膊，我们老师说了，好作文都是用最通俗的话写出来的。

29

雪后初晴，代建平趁周末去县城看牙。几年没疼了，前天突然被漱口的冷水激了一下，又疼起来，像有风吹过牙根。

医院人多，代建平不想等，去西关见谢小凤。

县城的雪化得更快。虽没有太阳，但车来人去，雪存不住。正月还未过，街道上年的气氛还未散尽，红灯笼，彩灯，还有依然没褪色的春联。城里路短，不知不觉就到了。谢小凤原来的家不见了，那一排两层小楼都不见了。代建平这才记起谢小凤去年就搬家了，西关粮库列入棚户区改造工程，开发商把她那一排附带着也开发了。

好在代建平没有带礼物，预备的是一个大红包。查了微信聊天记录，谢小凤的新家在一期三号楼二单元。临街的一楼是商户，靠近大门一大间还空着，没装修。几个工人正站在临时架起来的架子上忙活。

进去找到三号楼，向上数十二层——阳台都不一样，有的封闭了，有的挂着肉，还有的晾着衣服——但他不清楚一层几户，不知道哪个才是谢小凤的。算了，不见了，来的时候也没通知她，万一人家有客人呢？代建平踅到东南角的健身区，一个老太太正撑着一个圆盘扭腰身，一个老头靠着单杠的立柱跟她聊天。再远一点的路上，两个年龄像中学生的正在打羽毛球。

路太窄，他们球技又不好，球老是落到路边的灌木丛上。他们一点儿也没觉着无聊，捡球的时候反倒笑个不停。

近中午时，太阳出来了。阳光一照，代建平觉得寒气更重。一个外卖小哥停在他面前，掀开遮住眼睛的头盔，大哥，哪个是三号楼？代建平手一指，呶，就这个。外卖小哥熄火停车。哪个单元？代建平问。外卖小哥取出箱子里的盒饭，二单元。代建平问，是不是十二楼？外卖小哥说不是，四楼。

代建平也饿了。

下午再去医院，牙没什么大问题，消炎，止疼。碰巧从前教过的一个学生来紧牙箍，跟朱老师一个村，代建平正好蹭他的车回去。

到了罗湾，代建平要下车，反正不远了，走回去权当散步。学生家长热情，非要送到。人家知道他住哪儿，下了大路径直朝西开。路是去年修的，村道，只能过一辆车。代建平老远看到一辆警车停在自家屋后，身子一下子软了。

学生家长也傻了，不知道什么情况。车子像是在滑行，然后自动停在警车后面。没人说话——也许有人说了，代建平没听到——说什么呢？再晚一个月多好，过了冯燕飞的生日，讲完在镇中心小学的示范课，带隗老师去医院复查后……

外面一阵寒暄，两个警察从屋里出来了，代廷想、冯燕飞在后面跟着。学生家长摇下车窗玻璃打招呼，代建平才看到其中一个警察是老虎。

老虎绕过车头，走到副驾驶那边。建平回来了？没事，几个娘们儿打牌，打出疙瘩了。跟嫂子没关系。

代建平舒了一口气，才觉出了一身冷汗。

老虎从外面打开车门。代建平一只脚落到地上，腿麻了，没一点知觉，只好用手撑着车门。在地上站稳，上前拥抱老虎——第一次感觉老虎像自己的亲兄弟。

30

谢小凤不在了，屈君在微信里说。

什么不在了？代建平问。

死了。

死了？

今天早晨送过来的，晚了。

代建平翻出谢小凤的微信，果然，图像变成了黑白色。

灵堂设在县城殡仪馆。田乡长年前刚升了书记，灵堂内外一大帮帮忙的人。进门就瞥到灵堂正中的遗像，谢小凤眼神清淡，似笑非笑。这张照片选得好，真正的谢小凤。

脑梗，田书记在一边介绍，我要是在家里就好了，耽误了。

同行的两个同学作揖，烧纸。代建平跪了——向闵剑锋就跪了，向谢小凤还不跪？——死者为大。谢小凤有恩于他，不仅仅是最困难的时候吃过人家的苹果、麦乳精、牛奶，她一直是他的精神导师。代建平觉得自己内心的成长，离不开谢小凤。她待人的态度，她的心态，都引领着他。

风大，火纸乱飞。旁边有人说，意思意思就中了。代建平不管，又烧了几叶。磕头的时候，想不出该替她许什么愿。健康长寿没必要了，人都死了，长寿岂不笑话？事业有成也不对……小凤妹妹，一路走好。

死了的谢小凤安详得像是回了家。她应该比上次见到时还胖，冰棺里显得很拥挤。遗容的妆很浓，嘴里塞了枚铜钱。代建平突然想起与方正的聊天，处处是家——谢小凤果真回了家？

代建平没有哭，一个大男人，哭什么？何况又是送女生。直到从殡仪馆出来，快到大门口时，一回头，"沉痛悼念谢小凤同志"，挽联上的墨迹似乎太浓，还没有干透，阳光下闪着莹莹的光，有点儿晃眼。如此年轻的名字悬挂在如此庄重的场合，悲痛突然袭击了他。

第三天清早火化。几个女同学也来参加追悼会，见到代建平略感意外。县城都这样，结了婚，家里来往的朋友多是男方的，女方的同学都少来往，更不用说男同学了。

好党员，好领导，好同事，好老师，好老婆，好母亲，好女儿……悼词极尽渲染，但对逝者而言，也不为过。代建平觉得还是漏了一个，好姐妹！

诸事安定，代建平给屈君打电话，说他这几天肠胃不好，老是感觉肚子胀得慌。屈君说可能因为换季，多活动，有助肠胃蠕动。代建平说开点药吧，正好我在县城。

屈君在医生办公室，正给一个头发很少的男人号脉。代建平有些疲累，歪在一张理疗床上。最近压力是不是有点大？屈君问那个男人。男人嗯了一声，说单位事儿多。屈君开了药方，送他出去，回来神秘兮兮地关上门。知道不，谢小凤不是脑梗，是自杀。代建平一惊，坐起来，自杀？别瞎说。他有点不相信屈君了，上次给他号脉时也是说他压力大，他当时很惊讶，觉得屈君的医术高，从脉上就能号出他的压力。现在想想，可不是，谁没有压力？这话保险得就像夸女人瘦了。别在外面说，屈君嘱咐他，她老公说她抑郁好几年了。代建平怔在那儿，又要去摸鱼，手抬至胸前才想起来没了，顺势捂了捂胸口。办公桌上有本台历，页面上注了"今日复活节"几个大字。复活节不像清明节固定在哪一天,好像是月圆后的星期几,代建平记不清了,但他记得那次出租车司机被杀谢小凤发的微信,"别和小人斗气,别和烂事胶着","不管生活多么丑陋,命运多么险恶,也要坚持做个内心平和心情美好的人",多通透的人啊,怎么会自杀?

晚上躺在自家床上,冯燕飞说,十六天了。代建平装着没听明白,十六天?冯燕飞说你十六天没挨我了。代建平朝她那边挪了一下,哪天都挨着你啊。冯燕飞拍他一下,讨厌。你那个女同学,你们俩,是不是特别好?代建平嗯一下,是特别好。隔一会儿,冯燕飞问,你们,是不是好过?代建平头朝后仰了一下,看着她的脸,你不相信我?冯燕飞说,你们班那么多女生,你为啥只跟她走那么近?我珍惜我生命中的所有女性。代建平借了某个电视剧里的台词,冯燕飞不一定知道。冯燕飞说,你还没回答我的问题。代建平反问,你认识那么多男生,为什么嫁给了我?一样的道理嘛。跟你说过多少次了,人家是城里人,同情我关心我。冯燕飞说,别急,你敢说你没有过那种心思?代建平老实说动心,确实动过,但我有自知之明,所以一直保持纯洁的革命友谊……

夜半醒来,外面亮堂堂的,代建平以为天亮了,看看手机,两点差十分,索性坐起来穿上衣服。

冯燕飞也坐起来,大半夜的,你发啥神经啊?

代建平转身,就势靠在门框上。地上有一片浓浓的白色光影,从窗户映进来,一个斜斜的平行四边形。与白天不同的是,世界一片静寂。死一般静寂。对,死就是这样静寂吧?

我觉得我好像死了。

冯燕飞乜斜他一眼,没吭声。

我们都不是活人。代建平走到窗户跟前。四边形的两条边被打乱了。我现在只是一个轻飘飘的魂灵。

鬼哪有影子？冯燕飞像是清醒过来，轻笑一声。

我们都是死人，要不然，咋都没有声音？

冯燕飞拍了一下身下的床，不响，又拍了一下床头。这不是声音？大半夜的，哪来声音？

31

隗老师院子里的白果树吐新芽了。代廷想回去说的时候，代建平喊了一声，神神道道的，死八九年了还吐新芽？

眼前的事，还能有假？代廷想说。

枯树吐新芽？隗老师都要死了，是啥兆头？

代廷想说不信你去看嘛。

去学校的路上代建平拐到隗老师家。果然，白果树有了新叶。隗仁娥上来说，奇怪不，死多少年了，又活过来了。

好兆头，代建平说，绝处逢生。

逢哪儿的生啊，隗仁娥说，听说当初负责仁川案子的那个汪队长都当局长了。

隗老师靠在床头上，听到代建平的声音，叫他过去。

建平，这下好了，那个谭记者果然厉害，听说一个大领导看了他写的内参。建平，你是我们隗家的恩人啊，小宝他爸回来得先给你磕头……

隗老师，代建平握住他的手，不知道该说什么。这几年，隗老师转了方向，找记者，他说呼格案就是记者爆料翻案的，安徽叔侄司机强奸杀人案也是记者倒逼警察破的案……代建平听黑妞提过那个谭记者，说是个大骗子，将隗老师的钱骗完了。有一次还去找黑妞要加油钱，斜眼一把将他推倒在店前的鱼血鱼鳞里。

快十年了，代建平算算，真快。

还快？隗老师说，哪一天不像一辈子？都说我傻，我犟，建平，我不是犟啊，我还能咋着？那是我儿啊。谁到我这个时候都会一样！小宝他爸还能不跟我说实话？他自己的亲爹，他骗他亲爹有啥意思？我又没本事判他无罪……

回到家，代廷想正在厨屋炸鱼。是吧，是吐新芽了吧？

爸，代建平站在门口，我杀人了。

代廷想将鱼身翻过来，看，外焦里嫩，姣姣最喜欢炸的鱼了。

爸，代建平声音提高了八度。

代廷想停下手里的活，你说啥？

我杀人了。

杀，杀……杀啥啊？

代建平身子歪到门框上，人堵在门口。背光，代廷想看不清他的脸。

闵剑锋是我杀的。代建平腿发软，但声音镇定，爸，鱼炸煳了。

代廷想哪还顾得上鱼。关了火，问，你咋了？

没咋，代建平说，我好好的。人是我杀的，沉到老井塘……

不是隗仁川吗？你咋帮他们都中，不能把人也帮进去啊。

不是帮他，确实是我杀的。警察搞错了。

警察咋会搞错？

是人都会犯错。代建平复述一遍经过。

嗷吼

代廷想腿也软了，蹲在地上，你想咋着？

隗老师这个样子，我看着难受。

代廷想蹲到地上，头低着，像是在看蚂蚁。他还能活多长？

我知道他活不长。我活得再长有啥意思？哪一天都跟那个晚上一样，提着心。

你啥意思？代廷想抬起头。

啥意思，我还是得站出来。代建平离开门，站好。

隗仁川已经坐了这么多年牢，白坐了？

代建平像一根木头杵在那儿。

他该受的罪受了，你又何必再受一遍？顿了顿，又说，你不说谁知道？

我知道啊。

我知道你知道，外人不知道不就没事？

重要的是，我自己知道啊。

你自己知道不就好了？你不说，谁也不知道——连警察都不知道。

唉，不跟你说了，说了你也不明白。

我咋不明白？你去找警察人家会翻案？老虎不是说了嘛，破隗仁川案子的都立功了，连那个派出所的所长都升了，你现在去说他们搞错了，不是打他们的脸？

代建平还真没想到这点。

你跟冯女子说了？

没有。

可别跟她说。

为啥？

你今儿个到底是咋了？为啥为啥，你以为只是烧一个麦草垛啊？

32

装抽油烟机的人开着小皮卡过来时，代廷想问多少钱，代建平说了个数，代廷想说咱又不是城里的厨房，城里的厨房小，通风又不好，咱厨屋恁大，多少油烟跑不出去？代建平说早该装了，老是拖，拖到今儿。代廷想沉着脸，花这冤枉钱。代建平解释，人的鼻孔口腔就像一个抽油烟机，不装一个功率更大的，油烟就会钻到人的肺里……代廷想打断他，烟熏一下能有啥？你看烟熏肉，比鲜肉顶放。两个安装师傅哈哈笑起来。

装好调试好，代建平才去学校。刚在办公室坐下，手机提示有邮件，谢小凤的邮箱发来的。代建平以为看错了，一查时间，2017年3月27日上午8:10，大惊，难道是田书记进了她的信箱？

亲爱的建平：

要是真吓着你了，也是好事，说明我已遂愿。原谅我，没有向你告别。你看到这封信时，我们应该已经阴阳两隔了。好几年前，也就是那次你见我发胖的时候我就不想活了，但一直下不了决心。可能你理解不了，但可以想象，死是多么痛苦的一件事，我有那么多的不舍，与孩子，与亲人，包括与你。

你是不是觉得我特别高傲？我知道我可能给了你

这个印象。高考人家都带各种好吃的补脑子，你老吃番茄，还说医学证明，多吃番茄能益智、开发大脑。我没有笑你，反而很歉疚，好像你吃不上营养品是我造成的。后来我朝你抽屉里塞麦乳精塞牛肉罐头，你可能会错意了，给我写了一封信。记得有一天下夜自习，雪下得很大，我让你送我回家。你应该也没忘吧？现在想起来，那是我人生中最美妙的时刻之一。我当时委婉地拒绝了你，说我有心脏病，会影响生育，后期医疗费也很庞大……我承认我当时有些夸大，有些势利眼，以为我们之间差距太大——你是农村人，成绩又不好，考大学无望……

不说那些了，都过去多少年了。我和田，是父母之命。他在县政府办公室工作，说出去多有面子。说实话，我当时很满意，他似乎满足了一个少女对爱情的所有幻想。后来的情况你都知道了，他下去当副乡长、副书记、乡长，最近又当了书记。人家都说，我们的日子过得像书上计划好的。这不是我的目标，你知道。我们的生活其实早已千疮百孔。他第一次出轨时只是副乡长，女方应该是酒店的服务员。他死活不承认，但我听到他们通话了，那个软啊，他跟我说话从来没有那样过。我夺他的手机，要看那个手机号，他不让，摔了手机。后来承认有暧昧，但没有实质关系。我信了——不相信还能怎么着？有一次我拿了他的身份证查到他的通话清单，有一个电话特别频繁，几乎每天都会有，最长的一次打了七十一分钟。那是一个刚离婚的女人——我这性格，撕不开脸，又没确切证据，只能憋在心里。他也不承认，死活都不承认，说打电话只是聊天。我知道他们有奸情。还有一次，我明明看到他进了县城一个酒店吃饭，他电话里却说还在乡里值班。我在酒店外面守着，跟踪他到了一个小区，是一个姿色不错的女人所住的小区。晚上十点多，能有什么好事？我守了一夜，第二天早晨六点多他们一起下楼……我想了很久，左思右想，还能怎么着？我自己选的人，苦果我自己吞。但我难受啊，就去买好吃的，吃得饱饱的，不想让自己再想这事……我就是从那个时候发胖的。我胖了他更不愿碰我，你别笑我，那时候我们才三十出头，性生活却一两个月才一次。

我好后悔，后悔错过了你。年轻只是借口，我当时确实有门第观念。你结婚我没去，后来鲁艳青不在我去了，我看你那个难过啊，跟田一比，我觉得你才是真正的男人。女人图什么？一辈子能有一个你这样的男人守着才好。好几年你都没有再结婚的心思，更让我敬重。给你介绍冯燕飞，我是真心希望你好，也算是我对你的一种补偿吧。

我和田很少说话，交流都是靠微信。我越来越绝望，世间不值得我留恋。有一次去郑州开会，我都站到十九层楼上了，又下来了。还有一次是在火车站，我犹豫了几个小时想卧轨，最终下不了决心，田晓怎么办？我父母怎么办？

事实上，这封信我已经两次修改定时发送的时间了。希望这一次是最后一次。

我在那边会保佑你的，如果能。你呢，能不时想到我曾经是你的同学就好，当然，如果是朋友，更好。

谢小凤

朱老师提醒他去上课，都上课好几分钟了，发什么呆。代建平拿起课本，进错了教室。课本也拿错了，他替三年级的数学老师上课，拿的却是语文书。要讲的内容代建平倒没忘，两位数的乘法。他在黑板上写了个例题，一个教室30个学生，12个教室，总共多少学生？正要列算式，一只小鸟突然飞进教室。教学楼后面有一排桃树，个头矮，麻雀整天在那儿叽叽喳喳。偶尔有一两只飞上来，贴在玻璃窗上，见一屋人，旋即又逃走。这只小鸟不是麻雀，羽毛是彩色的，还有几根长一些的，在尾巴处汇合，像个拖着风衣的年轻女子。它似乎不怕人，站在那里，啾啾地兀自叫着。学生们见老师也在看，哄堂大笑。有学生替老师站出来嘘赶，代建平挥手让他坐好，接着上课。

下了课回到办公室，代建平给自己沏了一壶茶——他已经习惯脖子上没有鱼了。看来，多珍贵的东西，没有了，也能习惯——龙井，还是谢小凤给的。会不会是谢小凤化成鸟来跟我打招呼？

冯燕飞打电话，饭凉了。代建平看手机，快一点了。茶也凉了。

沟边的杨柳已经绿成团了。洋槐打苞了，下周槐花就能吃了。拌点淀粉，蒸好后倒上蒜泥香油——这道菜也是代廷想从方嫂那儿学的。五一节他们商量好去嵖岈山，五四是他和冯燕飞的结婚纪念日，紧接着又是姣姣的生日……不能往后想，值得记住的日子太多。

头顶上日光正好,代建平的影子一直在前面高高低低地晃。他又想起送谢小凤回来的那个晚上,月光也像现在一样。他一时恍惚起来,到底是晚上还是中午?

建平,像是谢小凤在哪儿叫他。

建平,又像是鲁艳青。

建平,是冯燕飞,你傻了?喊几声咋不吭?

33

2017年5月27日《东方新闻》公众号

真凶悔罪,换出囚禁九年的无辜

2008年5月14日,河南省沿淮县陡沟镇王畈村东老井塘发现一具尸体,四十岁的该村村民隗某川被控实施了杀人、沉尸,后因故意杀人罪被判无期徒刑。2017年4月9日,该村小学教师代某平自杀未遂(经医院抢救,脱离危险),主动向警方坦白,自杀原因是自己无法排遣对隗某川父亲的愧疚。代某平承认2008年老井塘沉尸案的真正凶手是他,并供述了杀人动机与详细作案过程。

2007年初,在南方打工的王畈村小学教师代某平的妻子冯某飞偶遇同乡闵某锋,被其灌醉后遭强奸。闵某锋见冯某飞没有报案,又多次要挟其到宾馆约会。春节回家后,代某平发现妻子隐情,没再让冯某飞出去打工。2008年4月7日晚,代某平无意中听说闵某锋来到王畈,以为其又来纠缠妻子冯某飞,决定趁机教训闵某锋。当晚八点半左右，代某平守候在闵某锋回家的必经之路上，用水湿了土路，造成从隗某川家喝酒后回家的闵某锋的摩托车滑倒，人摔到水塘里。因闵某锋嘴硬不服，代某平用铁锹失手将其击昏，他误以为闵某锋死亡，听任其在水中窒息而死。后来怕罪行暴露，代某平用闵某锋摩托车后座上的电话线缠住尸体，将摩托车推入老井塘。

据代某平交代，隗某川被警方控制后，代某平经常去狱中探望隗某川，每年给隗某川生活费两千元，并明里暗里帮助隗父。2015年隗父被发现罹患癌症，生命垂危。代某平良心发现，又惧怕牢狱之灾，企图以肉体的疼痛抵消其心理上的愧疚，去医院做了阑尾炎手术（医生说他根本没必要做）。因没有消除其焦虑、恐惧之心，最终决定自杀。遗书里他向警方坦承了自己的罪行，期望能换回隗某川的自由，让隗父安度晚年。

据警方透露，代某平已被逮捕，案件重新侦查完毕，案卷已移交检察机关。